Theodor Chiout - Der tholianische Zwischenfall

FSC
www.fsc.org
MIX
Papier aus verantwortungsvollen Quellen
Paper from responsible sources
FSC® C105338

Theodor Chiout

Der tholianische Zwischenfall

Sience Fiction Roman

BOOKS ON DEMOND GMBH
GUTENBERGRING

2. überarbeitete Neuauflage

1. Auflage 2006 bei August von Goethe Literaturverlag
Frankfurt am Main

Herstellung und Verlag:
BoD - Books on Demand,
Norderstedt

ISBN 9783744874595

Print in Germany

Eine Story über die Föderation
im 25. Jahrhundert von
Theodor Chiout
basierend auf Star Trek
einer Idee von
Gene Roddenbarry

Vorwort

Dieses Werk entstand schon in Teilen ende der 1990iger Jahre, als Basis für ein Rollenspiel an denen sich viele Star Trek begeistere interaktiv beteiligt hatten.
Das ganze entstand aus einer Laune heraus, da man über den Videotext-Chat bei Sat.1 auf einer Seite speziell für Science-Fiktion begeistere, verschiedene Charaktere gespielt hatte und fast jeden Tag neue Missionen erfunden haben, in unseren kleinen Universum.
Die Handlung spielt in einer alternativen Zeitlinie, in der Zukunft, der Föderation und Sternenflotte, wodurch einige Ereignisse nicht so abgelaufen sind, wie man sie aus den Serien und Filmen vielleicht kennen mag.
Die Story in diesem Werk mag etwas Lückenhaft sein, aber hier haben noch viele verschiedene Leute ihren beitrag dazu geleistet. Nicht jeder hat seine Charakteren bis zum Ende durchdacht. Fragen bleiben an vielen Stellen offen. Fragen, auf die ich immer wieder versucht habe, noch ein-ige Antworten zu erhalten.
Darum möchte ich mich auch bei denen Bedanken, die sich aktiv, aber auch passiv an der Entwicklung beteiligt haben.
Aktiv haben sich da, Werner Kersjes beteiligt, er hat einen Missions-Bericht für die U.S.S. Draconis NCC-91475 verfaßt. Leider kam darin die Beschreibung, der Umgebung und Personen etwas kurz und ich musste versuchen, diese Lücken zu füllen, so gut es mir eben möglich war.
Dann war da noch Ferdi Karpuz (selbst kein Star Trek-Fan gewesen), er hat einen Teil der Schiff der Republic-Klasse erstellt. Man merkt zwar gleich an den Namen der Schiffe, das er nicht allzuviel von Star Trek verstand, aber dies sollte ja auch nicht die Voraussetzung für seine Hilfe sein. Sondern mir einfach nur etwas Arbeit abnehmen, da ich die Story zuerst nur für die wenigen schrieb, die an dem Rollenspiel teilgenommen hatten. Dann wurden es doch immer mehr Leute, die sie auch haben wollten. Außerdem

wurde er dann auch, der Namens-Geber für die Figur des Captain Ferdinant Karpuz.
Dann sind da noch die vielen Personen die früher mit in dem Sat. 1 Videotext-Chat waren, dem sogenannten Star Trek-Holodeck, die mich durch ihre Texte immer wieder teilweise aufs neue inspiriert hatten, weiter zu schreiben.
Und zum Schluß das Team von **McDruck,** das mir sämtlich Farpkopien meiner Bilder bearbeitet hatte und die Freunde, die mich sonst noch in irgend einer Form unterstützt hatten.

Ihr müßt mir einen Teil meiner Schreibfehler entschuldigen, aber ich hatte die Story ursprünglich, auf einer Schreibmaschine geschrieben und dies war keine elektrische und zeigte mir auch nicht an, wenn mir ein Schreibfehler unterlaufen war, da mir das Maschine schreiben ja auch nicht gerade leicht fiel.
Aber dafür, dass ich die Story mit einer Schreibmaschine getippt hatte (so wie es auch die Schriftsteller früher getan hatten), war es von mir eine bemerkenswerte Leistung, da ich nie ein guter Deutsch-Schüler war und mir auch hin und wieder meine Legasthenie im Weg stand.
Zum Glück gibt es aber den Duden, in verschiedenen Auflagen und der hat mich das ein oder andere mal hoffentlich gerettet.
Mittlerweile ist das ganze Werk, von Papier auf Datenträger gewandert und ich hoffe, das ich dabei viele meiner Fehler selbst korregiert habe.
Aber leßt es selbst, auf den folgenden Seiten.

Die Entwicklung der Föderation im 25. Jahrhundert und die Abenteuer der U.S.S. Amazonas

Prologe

Wir schreiben das Jahr 2493, die Föderation gehört jetzt zur größten Vereinigung von Welten, nach der ersten Föderation, mit nun mehr als 200 Welten.
Das klingonische Reich, war Ende 2445 der Föderation beigetreten, da ihre Resurcen jetzt völlig am Ende waren.
Das romulanische Imperium, war mit der Föderation eine Allianz eingegangen, um 2449.
Somit herrschte die Föderation über die größten Teile des Alpha- und Beta-Quadranten.
Außer das cardassianische Reich, es immer wieder versuchte, gegen die Föderation zu intrigieren, obwohl sie seit dem Sieg über die Gründer, unter dem Schutz der Föderation standen.
Im 25. Jahrhundert standen der Sternenflotte über 15.000 Schiffe zur Verfügung, die in Dienstgestellt waren. Weitere 9500 Schiffe befanden sich in Depo's des S.F.P.S.D.'s.
Der S.F.P.S.D. war mittlerweile, für den Bau und die Entwicklung neuer Schiffs-Klassen zuständig. Das neuste Projekt war die Amazonas-Klasse. Sie wurde in den Werften der Flottenstützpunkte, in den Systemen Beta Portulan und Talos gebaut.
Die Amazonas-Klasse wurde zu den schweren Kreuzern gezählt, die alles was die Sternenflotte bisher in Dienst gestellt hatte, bei weitem übertreffen sollte.
Auch die temporale Ermittlungs-Behörde der Föderation hatte an Bedeutung gewonnen und befand sich nun auf dem gleichen Planeten, wie auch der Wächter der Ewigkeit. Damit man Eingriffe in die Geschichte, sofort wieder berichtigen konnten, die gegen die Föderation und ihre Bürger gerichtet waren.
Auch die Geheime Unterabteilung des Sternenflotten-Sicherheitsdienstes, Sektion 31 war stärker als jemals zuvor an allen Missionen innerhalb der Sternenflotte beteiligt.
Das die Sektion rund ein Jahrhuntert zuvor zerschlagen wurde, ist ein Gerücht was man nur zu gerne aufrecht

erhält. Wie könnte man sonst besser die Bürger und ihre Rechte schützen.

1. Kapitel

Logbuch des Captain's: Sternzeit 50212,1 Der Testflug der U.S.S. Amazonas NX-19700 ist bisher ohne Zwischenfälle verlaufen. Das Schiff hat bisher alle seine Erwartungen bei weitem übertroffen. Der Antrieb und das Interphasen-Tarnsystem arbeiten ohne Fehlfunktionen.
Nicht so, wie es bei den alten Systemen häufiger der Fall war.
Die Waffensysteme und der Multivektor-Angriffsmodus werden morgen in aller frühe getestet.
Ende des Logbuchseintrages. Captain Ferdinant Karpuz, kommandierender Offizier der U.S.S. Amazonas NX-19700.<<

Auf der Brücke der Amazonas, es ist kurz vor Schichtwechsel. Captain Karpuz erteilt dem Diensthabenden-Offizier noch ein paar Anweisungen, für die Nachtschicht auf der Brücke.
>>Lieutenant Drexler, sie haben das Kommando auf der Brücke, bis morgen früh. Führen sie, wärend der Nachtschicht, die Sensor-Analysen auch weiterhin durch. Vielleicht treten ja doch noch irgendwelche Fehler auf, die uns bis jetzt entgangen sind.<<
>>Ja, Sir. Ich wünsche ihnen eine geruhsame Nacht, Captain,<< antwortet Lieutenant Drexler und begab sich von seiner Station zu der des Captains.
Captain Karpuz begab sich zu einem der Turbolifts, die sich zu beiden hinteren Seiten befanden und von der Brücke wegführten. Aber es gab auch noch zwei weitere, im vorderen Teil der Brücke, aber deren Zugänge lagen hinter der Wandabdeckung und wurden nur im Notfall geöffnet.
Im Turbolift lehnt er sich an die Wand der Kabine, um erstmal abzuschalten, bevor er dem Computer sein Zielpunkt mitteilte.
>>Deck 8, Sektion 23A.<<
In Gedanken fügte er hinzu.

Warum erkennen diese Dinger nicht, wenn man müde ist und sich einfach nur in seinem Quartier hinlegen will.
Wie er in seinem Quartier eintraff, das eigentlich schon ziemlich groß und sehr Komfortabel eingerichtet war, begab er sich zu seinem Bett, das in einem separaten Schlafzimmer, neben dem eigentlichen Wohn- und Arbeits-raum stand und legt sich darauf und schlief sofort ein. Er wurde erst wieder wach, als auf dem gesamten Schiff die Alarm-Sirenen los heulten und das Schiff von irgendwelchen Objekten erschüttert wurde.
Er schnellt hoch und aktiviert das Interkom, um einen Status-Bericht von der Brücke zu forderen.
>>Sir, die Sensoren sind ausgefallen und wir werden von einem unbekannten Schiff angegriffen,<< meldete Lieutenant Drexler, dem man die Anspannung anhörte.
>>Ich komme sofort auf die Brücke! Haben sie schon den Hauptmaschinenraum benachrichtigt,<< entgegnete Captain Karpuz und nahm sich seine Uniform-Jacke, um sich auf den Weg zur Brücke zu machen.
>>Ja, Sir. Commander Sommers arbeitet schon daran die Sensoren wieder einsatzbereit zu bekommen.<<
Keine fünf Minuten später traff Captain Karpuz auf der Brücke ein, um sich selbst ein Bild von der Lage zu machen und das Kommando, über die Brücke wieder selbst zu übernehmen.
>>Ich übernehme wieder das Kommando, um 0400. Lieutenant Monroe, vermerken sie das im Schiffs-Logbuch.<<
Lieutenant Monroe war ebenfalls erst vor zwei Minuten auf der Brücke wieder erschienen, da sie eigentlich erst in zwei Stunden wieder auf der Brücke dienst gehabt hätte.
Lieutenant Commander McConnels gab zu Bericht, das der Multivektor Angriffsmodus von dem fremden Schiff beschädigt wurde, als die Schilde noch nicht aktiv waren und somit vorerst ausgefallen war.
Da der Testflug in Sektoren statt fand, die als Sicher galten, wurde darauf verzichtet, die Tests mit aktivierten Schilden durchzuführen.

Captain Karpuz, gab dem Taktischen- und Waffen-Offizier McConnels, den Befehl Phaser und Photonentorpedos bereit zu machen.
>>Wo bleiben diese verdammten Sensoren! Ohne sie, sind wir Blind wie die Maulwürfe,<< sprach er nun doch etwas erregt in das Interkom, um eine Antwort aus dem Maschinenraum zu erhalten.
>>Die Sensoren werden in neunzig Sekunden wieder Online sein. Beim Multivektor Angriffsmodus wird es wohl noch zwanzig Minuten dauern,<< meldete sich Commander Sommers aus dem Hauptmaschinenraum.
Kurz darauf meldete sich der bolianische Wissenschafts-Offizier Lieutenant Margot.
>>Sir! Die Sensoren arbeiten wieder. Ich aktivere wieder den Hauptschirm. Ich überprüfe auch die Daten-Bänke der Sternenflotte, ob es schon einmal Kontakt zu diesem Volk gab.<<
Die Abfrage der Daten-Bänke nahm einiges an Zeit in Anspruch, da über dreihundert Jahre Sternenflotten-Geschichte abgefragt werden mussten.
>>Lieutenant Drexler, fliegen sie Ausweichmanöver Sirra sieben, damit Lieutenant Commander McConnels die Phaser auf deren Antrieb und Waffensysteme ausrichten kann!<<
Lieutenant Commander McConnels wollte von Captain Karpuz wissen, ob sie auch die Torpedos auf das Ziel abfeuern sollte, aber dies lehnt er erst einmal ab, da er noch keine Daten über seinen Gegner hatte. Die Sensoren arbeiteten zwar wieder, aber sie hatten ihre volle effizents noch nicht wieder erreicht und konnten deshalb nicht das Innere des fremden Schiffes scannen.
>>Lieutenant Monroe, versuchen sie eine Kommunikationsverbindung zu dem fremden Schiff herzustellen,<< sagte Captain Karpuz und dreht seinen Sessel zu ihr ein.
>>Es gibt keine Reaktionen von dem fremden Schiff, Captain,<< entgegnet sie.
>>Versuchen sie es weiter Lieutenant.<<
Da meldet sich Lieutenant Margot wieder zu Wort.

>>Captain, die Daten liegen nun vor. Es handelt sich da draußen, um ein tholianisches Schiff. Die Sternenflotte hatte vor mehr als hundert Jahren das letzte mal Kontakt zu diesem Volk. Die Tholianer haben damals einen Außenposten der Föderation überfallen, da sie ihn für sich beansprucht hatten. Bei diesem zusammen treffen gab es damals nur einen Überlebenden.<<
>>Wer war dieser Überlebende,<< fragte Captain Karpuz nach, da er sich nicht die ganzen Ausführungen von Lieutenant Margot nun im einzelnen anhören wollte.
>>Einen Moment Sir. Bei dem Überlebenden scheint es sich um einen Offizier Namens Kyle Riker gehandelt zu haben, sein Sohn wurde später Admiral William Riker von der Raumflotte. Wenn ich noch etwas anmerken darf Sir, jede Begegnung mit den Tholianern sah für die Föderation nicht gut aus,<< entgegnet er auf die Frage des Captains.
>>Gibt es irgendwelche Daten darüber wie man mit den Tholianern fertig werden kann, wenn ja, dann überspielen Sie sie zur Taktischen-Station,<< erwiderte Captain Karpuz, ohne sich darum zu kümmern, was Margot ihm zuletzt gesagt hatte.
>>Leider nicht Sir. Die Tholianer sind in ihrem verhalten genauso Erbarmungslos, wie es früher die Klingonen und auch die Borg waren,<< antwortet Lieutenant Margot promt.
Von der Taktischen-Station meldete Lieutenant Commander McConnels, dass das Phaserfeuer auf das tholianische Schiff kaum Wirkung zeigte.
>>Captain, wir sollten nun doch in Erwägung ziehen, Torpedos einzusetzen,<< sagte Lieutenant Commander McConnels mit leichtem Druck in ihrer Stimme, da sie nicht mit dem Vorgehen von Captain Karpuz einverstanden war.
>>Nein noch nicht Commander, erhöhen sie die Kapazität der Phaser um sechs Prozent. Lieutenant Monroe, melden sich die Tholianer immer noch nicht auf unseren Ruf,<< sagte Captain Karpuz, der seine Ruhe immer noch beibehielt.

>>Nein, immer noch keine Reaktionen, von dem tholianischen Schiff, auf unsere Rufe, Captain,<< antwortete sie und auch in ihrer Stimme war leichte Nervosität zu spüren.
>>Erfassen die Sensoren mittlerweile irgendwelche relevanten Daten von dem tholianischen Schiff, Lieutenant Drexler,<< erkundigte sich Captain Karpuz bei ihm.
>>Nein, da unsere Sensoren immer noch nicht das Innere des Schiffes scannen können,<< antwortete Lieutenant Drexler und nahm ein weiteres Ausweichmanöver vor, damit die Tholianer weniger Treffer erzielen konnten.
Wie soll man nur mit einem Gegner fertig werden, über den man so gut wie nicht weiß, obwohl so ging es uns auch einst mit den Borg. Ich hab doch mal etwas auf der Akademie über die Tholianer erfahren.
Ach ja jetzt fällt es mir wieder ein. Captain James T. Kirk war doch einst mal mit den Tholianer zusammen getroffen. Was würde wohl der Legendäre Captain Kirk in dieser Situation machen, wenn er ein solches Schiff wie die Amazonas hätte? Schließlich ist dies heute eine ganz andere Situation, wie sie vor mehr als zweihundert Jahren herrschte, bei der ersten Begegnung mit den Tholianern.
>>Captain, unsere Schilde sind auf achtundachzig Prozent gefallen,<< meldete Lieutenant Commander McConnels und unterbrach so die Gedanken des Captains, für einen kurzen Moment.
Ich werde wohl doch Torpedos einsetzen müssen, da die Tholianer auf eine diplomatische Lösung nicht reagieren.
>>Feuern sie eine Salve Photonen-Torpedos auf die Tholianer ab und bereiten sie den Abschuß von Quanten-Torpedos vor McConnels,<< sagte Captain Karpuz nun sogar mit etwas mehr Elan, in der Stimme.
>>Mit vergnügen Sir,<< antwortete Lieutenant Commander McConnels und nahm die entsprechenden Änderungen für den Torpedowerfer vor.
Die Amazonas feuerte ihre Salve Torpedos auf das tholianische Schiff ab und auf dem Hauptschirm beobachtete die Crew, wie sie auf die Schilde des tholianischen Schiffes traffen und sie nur, um zehn Prozent schwächten.

>>Commander, feuern sie eine weitere Salve Quanten-Torpedos auf die Tholianer ab,<< ergänzte Captain Karpuz seinen Befehl.
Auch die Quanten-Torpedos richteten bei dem tholianischen Schiff kaum Schäden an.
>>Sir, die Schilde der Tholianer werden schwächer, sie haben noch vierundsiebzig Prozent,<< meldete nun Lieutenant Commander McConnels.
>>Unsere haben aber auch noch siebenundsiebzig Prozent. Aber wir können in etwa neun Minuten den Multivektor-Angriffsmodus wieder aktivieren.<<
>>Die Crew's für den Multivektor-Angriffsmodus sollen sich auf ihre Posten begeben,<< erteilte Captain Karpuz den Befehl über das Interkom.
Die Tholianer sind wirklich ein sehr zähes Volk, wie es einst die Klingonen und die Romulaner waren. Unsere Schilde fallen zwar ständig unter dem Angriffsfeuer der Tholianer, aber ihre fallen schneller, als unser bei Gegenmaßnahmen. Leider kann ich keine weiteren Schiffe zur Verstärkung rufen, da dieser Testflug noch als Geheim gilt. Die ersten Flug-Tests sollten offiziell erst in drei Wochen beginnen, wenn die Draconis ebenfalls fertig gestellt gewesen wäre, damit man beide Schiffe hätte zusammen Testen können. Man hat bei beiden Schiffen auf unterschiedliche Komponente gesetzt und sie sollten zueinander getestet werden.
>>Sir, die Schilde der Tholianer sind nur noch zu elf Prozent in Takt, aber unsere haben auch nur noch siebzehn Prozent ihrer Stärke,<< traff eine weitere Meldung von der Taktischen-Station ein.
McConnels richtete die Phaser und Ziel Erfassung der Torpedos neu aus, als das tholianische Schiff seinen Kurs erneut ändert.
>>Sir, das tholianische Schiff nimmt direkten Kurs auf uns und beschleunigt. Für Torpedos sind sie schon zu nah!<<
>>WAS!<< entfuhr es Karpuz und in diesem Moment, ging ein leichter, kaum spürbarer Ruck durch das gesamte Schiff und es teilte sich in seine vier Angriffs-Module, die nun dem tholianischen Schiff ausweichen konnten.

Dies war in letzter Sekunde, denn ein paar Sekunden später, wäre das tholianische Schiff mit der Amazonas kollidiert. Die Module flogen ein Ausweichmanöver und feuerten nochmal sämtliche Phaser, auf das tholianische Schiff ab, nachdem sie den Befehl von Captain Karpuz dazu erhalten hatten.
>>Feuert auf ihre Waffen, den Antrieb und den Rest ihrer Schilde, sowie sie ausfallen Traktorstrahl einsetzen! Ich will dieses Schiff nach Starbase 219 bringen, wenn mög-lich. Damit wir endlich etwas gegen die Tholianer in der Hand haben.<<
Die Bestätigungen des Befehls, kamen aus den anderen Modulen fast sofort, auf der Brücke ein.
>>Sir, ihre Schilde und Waffen sind soeben ausgefallen, ihr Antrieb arbeitet nur noch mit einem viertel seiner Leistung. Ich aktiviere unseren Traktorstrahl,<< meldete nun Lieutenant Commander McConnels und in ihrer Stimme schwang Befriedigung, über diesen doch knappen Sieg mit.
>>McConnels, achten sie darauf, das sie sich nicht noch selbst zerstören und uns mitnehmen, da dies unsere jetzigen Schilde nicht mehr aushalten würden,<< sagte Captain Karpuz, um ihren aufkommenden Übereifer etwas zu bremsen.
>>Natürlich Sir, aber unsere Sensoren können in dieser Art nichts entdecken, obwohl wir nun einen groß Teil ihres Schiffes scannen können. Es lässt sich auch nicht feststellen, ob sich überhaupt Tholianer an Bord befinden,<< entgegnete McConnels und Lieutenant Margot bestätigt die Aussage des Taktik-Offiziers.
>>Gut, dann bringen sie das Schiff in Shuttlehangar vier. Die Schiffe sollen sich, für den Zusammenschluß und Rückflug bereit machen,<< erteilte Karpuz den neuen Befehl.
>>Das Schiff befindet sich nun in Shuttlehangar vier und ist mit einem Typ achtzehn Kraftfeld gesichert<< meldete Lieutenant Commander McConnels nach einigen Minuten.
>>Lieutenant Drexler, setzen sie einen Kurs zu Sternenbasis 219,<< sagte Karpuz zu ihm und lehnte sich nun in

seinem Sessel zurück, um sich nun die Ruhe zu gönnen, die ihm dieser Vorfall gekostet hatte.
>>Kurs liegt an Captain,<< bestätigt Lieutenant Drexler, der dies auch an die anderen Module übertragen hatte, neben der Sequenz, die auch das Schiff wieder zusammen setzen sollte.
>>Energie!<<
Während die Amazonas in den Warptransit beschleunigte, setzten sich die Module wieder zu ihrer stattlichen Form zusammen.

2. Kapitel

Logbuch des Captains: Sternzeit 50312,7 Unser Schiff hat bei dem Kampf, gegen das tholianische Schiff einige Schäden hinnehmen müssen.
Ich glaube mit zwei tholianischen Schiffen, wären wir zu diesem Zeitpunkt nicht fertig geworden, da im Ernstfall einige Systeme immer noch nicht so miteinander arbeiten, wie sie es sollten.
Während des Rückflugs habe ich mit Commander Sommers und Lieutenant Margot, an den Sensoren gearbeitet und ihre Effizienz erhöht. Das tholianische Schiff befindet sich in Shuttlehangar vier und wird dort durch Kraftfelder des Typs achtzehn gesichert, bis wir Sternenbasis 219 erreichen und gedockt haben.
Zum Glück waren bereits alle Systeme installiert, nicht so wie damals, als man die Enterprise-B auf ihren Jungfernflug geschickt hatte. Aus solchen Pannen, haben wir gelernt und entsprechende Vorkehrungen getroffen. Aber der Kampf mit den Tholianer, hat uns auch unsere Schwachstellen viel besser gezeigt, als es uns ein reiner Testflug mit simulierten Vorkommnissen gezeigt hätte.
Auch die Crew wurde so mit den neuen Systemen noch besser vertraut, anstatt man nur einen simulierten Notfall trainiert.
Nun genießt die Crew erstmal ihre Freizeit, bis wir auf Starbase 219 docken.
Ende des Logbuchseintrages Captain Ferdinant Karpuz, kommandierender Offizier der U.S.S. Amazonas NX-19700.<<

Das Personal, in den Aussichtsräumen von Starbase 219, war schockiert darüber, wie die Amazonas in das Dock zurückkehrt, mit all ihren Schäden an der Hülle. Wie einst bei der Rückkehr der Enterprise NCC-1701, nach ihrem Kampf gegen Khan Noonien Singh. Da die Amazonas das zur Zeit größte und modernste Föderationseigene Schiff war, das es zur Zeit gab und offiziell in Dienstgestellt war.

>>Dockkontrolle, sie können nun die Steuerung der Amazonas übernehmen,<< meldete sich Lieutenant Drexler dort.

>>Dockkontrolle bestätigt. Willkommen Zuhause, Amazonas.<<

Nachdem die Amazonas, den Dock-Vorgang abgeschlossen hatte und sie auf ihrer zugewissenen Position lag, wurde das tholianische Schiff, mit Hilfe kleiner Transportschiffe und Traktorstrahl, in einen anderen Teil der Station gebracht. Damit man das Schiff erst einmal unter Qua-rantäne stellen konnte, bis man weiter damit verfuhr.

Im Büro, auf der obersten Ebene vom Flottenstützpunkt Talos, des Flottenadmirals und Ober-Befehlshaber des S.F. P.S.D. Kromm.

>>Captain Karpuz, es war sehr Verantwortungslos von ihnen, das tholianische Schiff, ihr nach Sternenbasis 219 zu bringen,<< sagte Admiral Kromm und tat so, als sei er über die Eigenmächtigkeiten von Captain Karpuz sehr verärgert.

>>Naja, nun kann man es erstmal nicht mehr ändern. Nachdem Bericht von Commander Sommers haben die Sensoren, auf Grund eines fehlerhaften Bauelementes, in der Hauptsensorenphalanx versagt. Die Nebensensorenphalanx konnte nicht die Aufgaben der Hauptsensorenverlanx völlig übernehmen, da sie nur für den Transwarpflug justiert wurde, um kleinere Objekte in dem Kanal ausfindig zu machen.<<

>>Admiral, sie haben völlig recht damit, das es vielleicht ein Fehler war, das tholianische Schiff hierher zu bringen. Aber ich dachte, da wir so wenig über die Tholianer an sich und ihre Technologie wissen, wäre es eine gute Gelegenheit für uns,<< entgegnete Captain Karpuz und unterbrach den Admiral.

>>Aber das Schiff, hat sich trotz der fast ausgefallenen Schilde und des beschädigten Multivektor-Angriffsmodus

gut geschlagen. Nur die Schilde bauen, im Verhältnis zu älteren Schiffen, sehr schnell ab und die Reserve Schilde, konnten uns vom Hauptmaschinenraum nicht zugeschaltet werden. Erst nach Trennung des Schiffes, konnten die anderen Schiffs-Module die Reserve Schilde aktivieren.<<
>>Wir werden uns darum kümmern, das ihre Erfahrungen, bei diesem Zwischenfall mit den Tholianer, bei der Fertigstellung, der anderen dreizehn Schiffe mit einfließt und ihre Schwachstellen beseitigen.
Für die Schilde, müsste wohl die Quantesingualitäten neu ausgerichtet werden und die Steuereinheit ersetzt werden. Durch eine neuere der Sternenflotte. Die alte der Romulaner, ist mit ihren neuen Aufgaben nicht mehr zuverlässig genug,<< versicherte ihm Admiral Kromm.
>>Was ist mit den zugesagten Neuzugängen, für meine Crew, Admiral,<< fragte Captain Karpuz, um auf ein anderes Thema zu wechseln, was für ihn momentan auch sehr interessant war, da er ja von seiner näheren Zukunft noch nichts wusste.
>>Ihr neuer erster Offizier, Commander Zichner, befindet sich zur Zeit noch auf einer Mission im Gamma-Quadranten, der Rest der Crew wird in einigen Tagen hier auf der Station eintreffen,<< antwortete ihm Kromm.
>>Welches Schiff der Amazonas-Klasse, wird später einmal als Flaggschiff der Flotte dienen,<< hakte Karpuz nun nach, da er ja nun zumindest wusste, was er wissen wollte, in Bezug auf die Amazonas und ihrer momentanen Situation.
>>Als Flaggschiff für die Flotte, wird es wohl wieder ein Schiff Namens Enterprise geben, da die alte Enterprise-G völlig veraltet ist. Das neue Schiff wird in einigen Jahren vom Stapel laufen. Aber ob ein Schiff der Amazonas-Klasse diesen Namen tragen wird, kann ich Ihnen beim besten Willen nicht sagen. Dies wird eine gemeinschafts Entscheidung des Rates sein.<<
>>Und wer wird ihr Captain werden,<< fragte Karpuz und macht sich Hoffnungen auf dieses Kommando, selbst wenn er bis dahin auf der Amazonas bleiben würde.

>>Diese Empfehlung überlasse ich Admiral Data. Denn Captain Scott, der momentan noch das Kommando über die Enterprise hat, wird zum Commodore befördert und nach Sternenbasis 436 versetzt,<< diese Antwort schmäl-erte seine Hoffnungen sofort wieder.
>>Captain Scott, der Name kommt mir irgendwie so bekannt vor! Ich dachte Admiral Data, sei nicht mehr in der Sternenflotte,<< entgegnete er nun.
>>Dieser Captain Scott, ist ein Urenkel von Captain Mongomery Scott, dem Chefingeneur der alten Enterprise NCC-1701. Nachdem er von der Crew der Enterprise-D aus einem Transporter Muster-Puffer geholt wurde, hatte er auf Mariposa eine Familie gegründet.
Admiral Data hat sich nur aus dem Aktiven-Dienst zurückgezogen und Unterrichtet nun an der Akademie und an Universitäten, aber unter einem Falschen-Namen und er hat auch sein Äußeres dem Alter angepaßt,<< erläuterte er ihm, damit er die Namen leichter zuordnen konnte.
>>Admiral, wann werden Sie, zur Inspektion, auf die Amazonas kommen,<< fragte Captain Karpuz plötzlich, um von diesem Thema wieder weg zukommen, da es ihn nun langweilt.
>>Ich werde in zwei Stunden das Schiff inspizieren. Sie können nun wegtreten Captain Karpuz,<< beantwortete er diese letzte Frage noch und war nun wirklich über das Verhalten von Captain Karpuz verärgert.
>>Aye, Sir,<< bestätigte Karpuz und stand auf, um das Büro des Admirals wieder zu verlassen.

Zwei Stunden später traff Admiral Kromm, im Transporter-Raum acht, in der Nähe des Hauptmaschinenraumes, auf Deck 19 ein.
>>Hab ich Erlaubnis an Bord zu kommen, Commander,<< fragte der Admiral, obwohl es gar nicht nötig wäre, da er als Flottenadmiral gar keine Erlaubnis braucht, um ein Schiff, das unter seinem Befehlskomando stand, zu be-treten.
>>Erlaubnis erteilt, Admiral Kromm,<< antwortet Commander Sommers, der den Admiral in Empfang nahm.

>>Captain Karpuz befindet sich auf der Hauptbrücke und lässt sich entschuldigen.<<

>>Wir werden die Inspektion im Hauptmaschinenraum beginnen und erst auf der Hauptbrücke aufhören,<< sagte Kromm und war wieder von dem Verhalten, Captain Karpuz's innerlich enttäuscht.

>>Natürlich Sir, ganz wie Sie es wünschen,<< bestätigte der Commander.

Ein paar Minuten später im Hauptmaschinenraum, auf Deck 19, Sektion 28 bis 32.

>>Mister Sommers, ihr Maschinenraum scheint kaum sichtbare Schäden davongetragen zu haben. Ich hoffe, bei den anderen Maschinenräumen ist dies genauso,<< sagte Admiral Kromm und sah sich dabei jede Konsole und jeden Konverter genau an.

Dabei wurde überall im Maschinenraum normal weiter gearbeitet, um auch noch die restlichen Schäden, an den Konsolen zu ersetzen.

>>Aye Sir, wir haben auf dem Rückflug schon einige der Schäden repariert,<< entgegnete der Commander.

>>Außerdem, bin ich halb Ire und halb Schotte. Mein größtes Vorbild unter den Ingeneuer ist immer noch Mongomery Scott.<<

>>Dann kann ich mich ja hoffendlich beruhigt, einer anderen Abteilung im Schiff zuwenden.<<

>>Aye Sir,<< antwortete Sommers, mit einem kleinen lächeln.

Auf dem Weg zur Hauptbrücke, wurden sämtliche Abteilungen von Admiral Kromm, nach Schäden überprüft, die noch von dem Kampf gegen das tholianische Schiff herrühren. Ohne noch weitere nennenswerte Schäden zu entdecken, die das technische Personal, von 219 nicht hätte in kürzester Zeit wieder reparieren konnte.

>>Bis wann, wird ihrer Meinung nach die Amazonas, wieder völlig Einsatzbereit sein, Commander Sommer,<< fragte ihn der Admiral, um zu sehen ob er die Zeit genauso einschätzte, wie er es selbst tat.

>>Ich schätze in etwa drei bis vier Wochen, wenn sich die Techniker aus der Werft ran halten,<< antwortete Som-

mers, ohne zu ahnen, dass er eben die falsche Antwort zum Teil gegeben hatte.

>>Oh, Commander Sommers, nicht die Werft-Techniker werden die Reperaturen durchführen. Ihre Leute werden diese Reparaturen, an der Amazonas durchführen,<< sagte Admiral Kromm zu ihm, da er es sich in Bezug, auf die weiteren Reparaturen anders überlegt hatte.

>>Denn da draußen haben sie auch keine Werftstechniker zur Verfügung.<<

>>Aye Sir. Ich werde meine Leute informieren,<< entgegnete Commander Sommers.

>>Kommen sie! Lassen sie uns jetzt zur Hauptbrücke gehen, um dort diese Inspektion abzuschließen.<<

>>Natürlich Sir. Turboschacht neun befindet sich gleich hier drüben,<< erwiderte der Commander und führt den Admiral zum Lift.

Sie betraten beide die Lift-Kabine und fuhren mit ihr, zur Hauptbrücke, auf Deck eins.

Nach einigen Sekunden stoppte der Turbolift auf der Hauptbrücke und Admiral Kromm und Commander Sommers verließen zusammen die Kabine und näherten sich Captain Karpuz, der zusammen mit Lieutenant Margot an der Wissenschaftlichen-Station arbeitete. Ansonsten befand sich nur noch, die restliche Hauptbrückencrew dort, um ebenfalls einige Änderungen, an ihren Stationen vorzunehmen.

>>Captain Karpuz, ihr Schiff ist soweit in Ordnung. Die Crew kann nun erstmal einen kurz Urlaub genießen, nach diesen Wochen dort draußen, mit den ganzen Tests. Außer Commander Sommers und seine Leute, sie werden die restlichen Reparaturen noch durchführen, bevor sie wieder auslaufen werden,<< informierte ihn Admiral Kromm und wandte sich danach zum Gehen.

>>Admiral, ich werde die Crew darüber informieren,<< antwortete Captain Karpuz noch, bevor sich die Türen des Liftes wieder hinter dem Admiral schlossen.

3. Kapitel

In der zwischen Zeit, in einem anderen Teil der Sternenbasis, wohin man das tholianische Schiff, mit Hilfe der Transportschiffe und dem Traktorstrahl gebracht hatte.
Die dort befindlichen Sternenflottenwissenschaftler und Ingenieure, versuchten gerade festzustellen, ob es in dem tholianischen Schiff irgendwelche überlebende gab, oder ob es sich bei dem Schiff, nur um eine unbemannte Drohne handelte.
>>Ich hätte es nie für möglich gehalten, dass ich einmal ein tholianisches Schiff untersuchen würde,<< sagte einer der jüngeren Ingenieure, der gerade versuchte, das Innere mit den Sensoren zu scannen.
Selbst die Sensoren, in diesem geheimen Test-Hangar, hatten Schwierigkeiten das Innere des tholianischen Schiffes, mit Standard-Leistung zu scannen. Obwohl diese Sensoren höher entwickelt waren, wie die Sensoren auf den modernsten Schiffen der Flotte.
>>Wir werden die Sensoren-Leistung, um zwanzig Prozent erhöhen,<< sagte einer der älteren Ingenieure, an einer abgewandten Wissenschaftlichen-Station.
>>So sollte es uns möglich sein, das Innere des Schiffes zu scannen, Commodore Strocker.<<
>>Tun sie es.<<
Nachdem die Leistung der Sensoren erhöht wurde, schaften sie es nun das Innere zu scannen.
>>Commodore, können sie mal herkommen,<< fragte der Ingenieure, der soeben die Sensoren-Leistung erhöht hatte.
>>Ja, Lieutenant Relag, was gibt es denn,<< wollte Commodore Strocker wissen und tratt hinter hin.
>>Die Sensoren zeigen, das sich im inneren fünfzehn Humanoide befinden, aber ich kann mit der momentanen Sensoren-Leistung noch nicht erkennen, ob von ihnen noch jemand am Leben ist,<< erläuterte Lieutenant Relag und deutete dabei auf einige Anzeigen auf den Monitoren.
>>Erhöhen sie die Sensoren-Leistung, um weitere fünfzehn Prozent,<< sagte ihm der Commodore.

>>Ja Sir. Ich erhöhe die Sensoren-Leistung, um weitere fünfzehn Prozent,<< bestätigte der Lieutenant.

>>Wir erfassen nun zwei Lebensformen, aber mit nur noch ganz schwachen Vitalzeichen.<<

>>Commander Stiller, versuchen sie die Überlebenden, in die medizinische Abteilung zu beamen,<< kam sofort der Befehl von Commodore Strocker.

>>Der Transporter kann die beiden Überlebenden nicht erfassen, irgendetwas lenkt den Transporter-Strahl ab, Sir,<< meldete Stiller.

>>Dann beamen sie ein Team hinunter! Bestehend aus einem Sicherheitstrupp, medizinischem Personal und einer Technikercrew,<< befahl Commodore Strocker weiter.

>>Ja wohl Sir.<<

Kurz darauf, materialisierte im Hangar, in der Nähe des tholianischen Schiffes, das Team, was Commodore Strocker hinunter geschickt hatte. Die Technikercrew ver-suchte gleich, für das medizinische Personal und den Sicherheitstrupp, einen Zugang zu finden und zu öffnen. Sie entdeckten ein relativ kleines Schott, ein halb mal ein Meter, auf der Steuerbord-Seite.

>>Commodore, sollen wir das Schott öffnen,<< fragte Commander G'norg, der Leiter der Technikercrew.

>>Ja, öffnen Sie das Schott. Commander Rogers, machen sie sich und ihr Team bereit, an Bord zu gehen. Und Commander G'norg, lösen sie bloß keine Selbst-Zerstörung aus,<< entgegnete Commodore Strocker.

>>Ja Sir, aber es lässt sich nichts, mit den modifizierten Trikordern, feststellen,<< erwiderte Commander G'norg.

Die Technikercrew öffnet das Schott, so vorsichtig wie nur irgend möglich. Plötzlich entwich eine Art Gas, aus dem Schott und die Techniker wichen zurück. Sofort war das medizinische Team bei ihnen, um sie zu untersuchen. Aber es lies sich keine Vergiftung der Techniker feststellen. Doktor Gambel gab kurz darauf Entwarnung.

>>Es handelte sich bei dem entwichenem Gas, um ein Sauerstoff-Stickstoffgemisch, was Komprimiert und abgestanden war. Nun ist alles wieder in Ordnung.<<

Die Techniker machten sofort weiter, das Schott ganz zu öffnen. Erst als das Schott ganz geöffnet war, meldete sich Commander G'norg wieder.
>>Commodore, das Schott ist nun vollständig geöffnet. Das medizinische Personal und der Sicherheitstrupp können nun an Bord gehen.<<
>>Commander Rogers, sie und ihr Team gehen zusammen, mit dem medizinischen Team an Bord, des tholianischen Schiffes. Und achten sie auf die Ärzte, sie wissen schon warum,<< erteilte Commodore Strocker seine weiteren Befehle.

Die beiden Teams betraten nacheinander das tholianische Schiff, durch das kleine Schott. Zuerst der Sicherheitstrupp, um das innere, hinter dem Luke zu sichern und dann dicht gefolgt, von dem medizinischen Personal.
Die Techniker wurden sicherheitshalber direkt in die medizinische Abteilung gebeamt, um sie dort noch einmal gründlich zu untersuchen und sie zu desinfizieren.
Die beiden Teams befanden sich in einem langen Gang, dessen Decke nicht einmal zwei Meter maß.
>>Verdammt eng hier,<< sagte einer der Sicherheitsleute, da er in dem Gang gebückt stehen mußte.
>>Ruhe Lieutenant!<<
Blafte Commander Rogers, den zwei Meter großen Sicherheitsoffizier an.
>>Was zeigt der Trikorder an, Doktor Gambel,<< sagte Commander Rogers nun wieder, in einem ganz ruhigen Tonfall.
>>Der medizinische Trikorder zeigt an, das sich der groß Teil der Tholianer in Achtern befinden. Und ein erheblich kleinerer Rest von ihnen befindet sich nur einige Meter vor uns, im Bug,<< erklärte Doktor Gambel.
>>Wo befinden sich die überlebenden Tholianer,<< fragte der Commander nach.
Doktor Gambel nahm erst noch einige Einstellungen an dem Trikorder vor, bevor sie auf die Frage antwortete.

>>Die überlebenden Tholianer befinden sich in Achtern,<< gab Doktor Gambel die Auskunft, an Commander Rogers weiter.

>>Also gut, Lieutenant Pauls, sie und zwei weitere Männer bilden zusammen, mit den Doktoren Proktor und Jones, das zweite Team und begeben sich nach Achtern. Der Rest kommt mit Doktor Gambel und mir,<< sagte Rogers zu seinen Leuten, genauso wie zu dem medizinischen Personal.

Während das zweite Team nach Achtern ging, um die überlebenden Tholianer zu suchen und zu bergen. Ging Commander Rogers, mit seinem Team durch das Schiff. Auf der Suche nach weiteren Überlebenden, die die Sensoren und der medizinische Trikorder noch nicht erfassen konnten. Und, um natürlich die Kommandozentrale, des Schiffes ausfindig zu machen. Die anderen Gänge des Schiffes waren noch enger, als der hinter dem Schott, aber dafür geringfügig höher.

Team eins beging nicht alle diese Gänge, da sie wahrscheinlich zu Frachträumen führten, das konnte aber erst genauer festgestellt werden, wenn das Schiff sicher war und sämtliche Toten von Bord waren.

>>Ob wir nun etwas mehr, über die Tholianer erfahren,<< wollte Lieutenant Hardt gerne wissen.

>>Das haben wir doch schon getan, Lieutenant. In dem wir dieses Schiff hier, in den Besitz des S.F.P.S.D. gebracht haben,<< meinte Commander Roger zu ihr.

>>Den Rest werden die Wissenschaftler und die Techniker herausfinden.<<

Da meldete sich auf einmal, Lieutenant Me Chang.

>>Commander, das scheint hier die Kommandozentrale zu sein.<<

Das Team betratt, den vier mal acht Meter großen Raum, den Lieutenant Me Chang ausfindig gemacht hatte.

>>Diese Tholianer sind, bereits schon alle Tod,<< sagte Doktor Gambel zu Commander Rogers.

>>Doktor, können sie schon sagen woran all diese Tholianer gestorben sind,<< fragte der Commander sie nun, da er sich nicht ganz wohl, unter diesen toten Tholianern in

ihren Raumanzügen oder Rüstungen fühlte, die sie wohl trugen.
Da nützte es auch nichts, das Doktor Gambel vorher gesagt hatte, es wäre alles in Ordnung.
>>Nein, das kann man erst nach einer genauen Autopsie sagen. Denn der Trikorder ist hierfür nicht justiert und das kann ich momentan hier, auch nicht machen,<< versuchte sie ihn wenigstens ein wenig zu beruhigen, da sie spürte, was er und die anderen des Teams fühlten.
>>Also gut, verlassen wir das Schiff. Rogers an Sicherheitsteam zwei!<<
>>Hier Lieutenant Pauls, wir haben die Überlebenden geborgen.<<
>>Gut, lassen sie die Überlebenden, in die medizinische Abteilung beamen,<< ordnete Commander Rogers an.
>>Das haben wir schon mit den Transporter-Verstärkern versucht, aber es hat nicht funktioniert. Wir bringen sie nun zu dem Einstiegsschott,<< teilte er ihm mit.
>>Wir kehren ebenfalls zu dem Schott zurück. Rogers ende.<<

Als Commander Rogers, zusammen mit seinem Team, das Schiff verlies, war Lieutenant Pauls gerade dabei, die Überlebende und einen der Ärzte, auf die medizinische Abteilung zu beamen.
>>Commander Rogers an Commodore Strocker.<<
>>Strocker hier. Commander, was haben sie zu berichten und wie haben sich die Ärzte benommen,<< forderte Commodore Strocker einen kurzen Bericht ein.
>>Die Tholianer an Bord sind alle Tod, bis auf die beiden, die wir eben in die medizinische Abteilung gebeamt haben. Sie trugen alle eine art Raumanzug. Das medizinische Team hat sich ganz nach Vorschrift verhalten,<< gab Com-mander Rogers den Bericht ab.
>>Commander, Sie und die anderen, werden sich auch in der medizinischen Abteilung einfinden,<< gab ihm Commodore Strocker noch einen weiteren Befehl.
>>Ich verstehe Sir. Commander Rogers Ende.<<

In der medizinischen Sicherheits-Abteilung, irgendwo im Inneren, auf Sternenbasis 219. Die beiden überlebenden Tholianer und auch die Toten wurden dort hingebracht, nachdem man sie alle einzeln, aus dem Schiff hatte tragen müssen.
Die beiden Überlebenden standen unter ständiger Beobachtung und Bewachung, bis sie von den Agenten, aus Sektion 31 verhört werden konnten.
Bei den Leichnahmen, würde Doktor Downing eine Autopsie durchführen, um die Ursache herauszufinden, woran sie alle gestorben waren.
>>Nachdem wir diesen Thohlianer, aus seinem gepanzerten Anzug geholt habe, habe ich mit den Untersuchungen seines Gewebes begonnen. Die Tholianer scheinen nicht durch einen Ausfall der Umwelt-Kontrollen gestorben zu sein, da die Systeme noch arbeiteten, als das erste Untersuchnungs-Team an Bord ging.
Der Stickstoff-Anteil und einige andere Stoffe, sind in ihrer Atemluft um einiges höher, als bei den Menschen. Somit fällt auch die Möglichkeit weg, das sie an einer Strickstoff-Vergiftung gestorben sind.
Ich werde nun den Torso, bei diesem Tholianer öffnen, um zu sehen, ob die Organe durch einen Virus oder etwas ähnlichem Angegriffen wurden.
Hierfür schneide ich, mit dem Laser-Skalpell, von der Luftröhre aus, bis zur Mitte des Unter-Leibes und von dort aus, zu dem Leisten-Bereich. Nun setze ich den Spreizer ein, um die Toraxhälften entfernenzu können, damit ich einen besseren Blick auf die Organe bekommen werde. Das Knochengewebe, seint nicht sonderlich Stabil zu sein, da es unter dem Spreizer sehr leicht nachgibt. Leichter wie vergleichweise bei einer menschlichen Autopsie.
Im Körper des Tholianers befinden sich keine erkennbaren Organe mehr, nur noch ein zähflüssiger Brei, der aus organischer Materie zu bestehen scheint. Ich entnehme hierfür einige Probem.
Erst die toxikologische Untersuchung, dieses Breis wird wohl ergeben, ob dies ein normaler Vorgang ist, wenn die Tholianer sterben oder es sich wirklich um eine Art Virus

handelt hatte, was sich schon bis zu dem Zeitpunkt, wie das Schott geöffnet wurde abgebaut haben musste. Oder ob es für andere Lebensformen nicht tödlich wirkte. Die entnommene Probe werde ich nun im Labor untersuchen lassen, solange werde ich mit den optuktionen weiterer Tholianer fortfahren.
Ende des ersten vorläufigen Optuktionsberichtes. Sternzeit 50512,174.<<

4. Kapitel

Stationslogbuch, des Kommandanten: Sternzeit 51013,75

Die Reparaturen, an der Amazonas, werden früher beendet sein, als von Commander Sommers veranschlagt. Somit kann die Amazonas in vier Tagen, wieder in den Sektor zurückkehren, wo sie von dem tholianischen Schiff angegriffen wurde. Aber diesmal wird sie ein Schiff der Spirit-Klasse begleiten, da bei dem zweite Schiff der Amazonas-Klasse, die U.S.S. Draconis NCC-91475, noch einiges an den Systemen neu justiert werden muss und sie auch noch nicht ausreichend getestet wurde.

Dies wird Captain Ranar übernehmen, sowie ihm das Schiff auf Sternenbasis 974 übergeben wird.

Die Amazonas, wird von der U.S.S. Potsdam NCC-80011 begleitet werden, sie ist ein mittlerer-taktischer Kreuzer der Spirit-Klasse. Zwar etwas kleiner, als ein Schiff der etwas älteren Niagara-Klasse, aber dafür wurde die Spirit-Klasse um ein vielfaches besser bewaffnet, da sie hauptsächlich für den Grenzeinsatz zum Dominion-Gebiet bewaffnet wurde.

Ende des Logbuchseintrages, Flottenadmiral Marco Kromm, kommandierender Offizier von Sternenbasis 219 und Ober-Befehlshaber des S.F.P.S.D.<<

Im Vorzimmer von Flottenadmiral Kromm warteten bereits, die Captain's Karpuz und Harlay, um ihre neuen Befehle direkt vom Ober-Befehlshaber der Streitkräfte, in Empfang zu nehmen. Da ihre neue Aufgabe, vom Geheim-dienst der Flotte geführt wurde. Admiral Kromm lies die beiden erst herein, nachdem er ein Gespräch mit dem Flotten-Kommando auf der Erde geführt hatte.

>>Captain Karpuz, Sie werden in vier Tagen, zusammen mit Captain Harlay, in den Sektor 1576 zurückkehren. Ihre Aufgabe wird es sein, herauszufinden warum uns die Tholianer, nach so langer Zeit wieder Angreifen und was sie in diesem und den angrenzenden Sektoren in Anspruch nehmen wollen,<< sagte Admiral Kromm an Captain Karpuz gerichtet, bevor er und Captain Harlay sich überhaupt setzen konnten.

>>Ja, ich verstehe Sir. Mit was für einem Schiff wird mich Captain Harlay unterstützen,<< wollte Captain Karpuz daraufhin wissen.

>>Captain Harlay wird sie, mit der U.S.S. Potsdam NCC-80011 unterstützen, einem Schiff der Spirit-Klasse.

Captain Harlay, das Kommando bei diesem Einsatz, liegt bei Captain Karpuz, bis ich etwas anderes anordne,<< sagte Admiral Kromm nun an beide gerichtet.

>>Ich verstehe Sir. Ich soll mit der Potsdam, der Amazonas den Rücken freihalten,<< sagte Captain Harlay und konnte sich nicht so recht dafür begeistern, das Captain Karpuz das Kommando führen sollte, da sie die Dienst-Ältere war.

>>Das wäre alles. Weg getreten,<< befahl der Admiral den beiden nun und achtete nicht mehr weiter, auf die Äußerung von Captain Harlay.

Er musste ihr seine Entscheidungen, schließlich nicht erklären. Er müsste eventuell dem Rat gegenüber rechenschaft ablegen, oder seinem Mentor und Vorgesetzten Flagg-Admiral Zweller.

>>Aye, Sir!<<

Sagten beide Captains gleichzeitig und verliesen das Büro des Flottenadmirals wieder.

Nachdem die beiden gegangen waren, stellte der Admiral eine Verbindung, zu Doktor M'Banga her, um von ihm zu erfahren, wie es um die beiden Tholianer stand.

>>Den Tholianer geht es immer noch nicht viel besser. Wir konnten zwar ihren Zustand weitestgehend stabilisieren, aber solange wir noch keine schlüssigen Ergebnisse, aus den Laboren haben,<< berichtete Doktor M'Banga.

>>Können wir auch noch kein Gegenmittel für sie entwickeln.<<
>>Doktor, setzen sie sich mal mit dem Archiv, in Sektion 31 in Verbindung. Dort kann man ihnen eventuell dabei helfen, ein Gegenmittel zu finden,<< sagte ihm der Admiral dazu.
>>Ich verstehe Sir. Und weiß nun, worauf sie hinaus wollen. Ich werde mich sofort darum kümmern. Ende der Transmission,<< entgegnete Doktor M'Banga und unterbrach die Verbindung von sich aus.

Logbuch, des Captains: Sternzeit 51114, 325 Nachtrag, wir befinden uns nun seit drei Wochen im Sektor 1576, wir konnten bisher keine weiteren Aktivitäten der Tholianer entdecken. Wenn sie sich noch in diesem oder in einem der Nachbar-Sektoren aufhalten und dort eine Basis errichtet haben, ist sie sehr gut von den Tholianern getarnt worden.
Obwohl uns nun die Potsdam bekleidet, glaube ich persönlich, dass dies nicht mehr erforderlich sein müßte. Die Systeme, der Amazonas arbeiten nun einwandfrei und das Schiff ist wieder völlig Einsatzbereit.
Die Potsdam mag zwar ein taktischer Kreuzer sein, aber sie ist der Amazonas in nichts ebenbürtig.
Ende des Logbuchseintrages, Captain Ferdinant Karpuz, kommandierender Offizier der U.S.S. Amazonas NX-19700.<<

Die beiden Schiffe glitten, mit Impulskraft durch den luftleerenraum des Alls, auf der Suche nach dem Grund, warum die Amazonas bei einem ihrer letzten Testflüge angegriffen wurde.
>>Captain, die Sensoren arbeiten einwandfrei, mit 100% Leistung, aber wir können immer noch keine Anzeichen von Aktivitäten der Tholianer feststellen,<< meldete Lieu-tenant Margot von der wissenschaftlichen Station, da in der

Taktischenstation, wieder ein bioisolinearer Chip ausgefallen war und Lieutenant Commander McConnels, ersetzte ihn gerade durch einen neuen Leistungsfähigeren.
>>Ich verstehe. Lieutenant Monroe, stellen sie eine Verbindung zu Captain Harlay her,<< sagte Captain Karpuz und verlies kurz seinen Sessel, um sich am Replikator der Brücke, eine Tasse Kaffee selbst zu holen.
Für diese Aufgabe lies er ungerne einen Fähnrich auf die Brücke kommen, da er dies auch sehr gut selbst konnte.
>>Aye Sir,<< bestätigte Lieutenant Monroe und stellte die Verbindung her.

Zur gleichen Zeit, an Bord der U.S.S. Potsdam.
>>Captain, wir empfange soeben eine Nachricht von der Amazonas. Wollen Sie, die Nachricht in ihrem Quartier oder hier auf der Brücke in Empfang nehmen? Ansonsten stelle ich sie zu ihnen durch,<< meldete sich Commander Ramirec, bei Captain Harlay im Quartier.
>>Nein, ich werde auf die Brücke kommen, danke für ihr Angebot Commander Ramirec,<< entgegnete Harlay und zog ihre Uniform wieder an, da sie nicht in ihrem Schlaf-Gewand auf die Brücke gehen wollte.
Einige Minuten später trat Captain Harlay, aus dem Turbolift, und begab sich zu ihrem Kommando-Sessel.
>>Commander Ramirec, ich übernehme das Kommando. Vermerken Sie, es im Logbuch,<< wies sie ihren ersten Offizier an.
>>Ja wohl, Captain,<< bestätigte der Commander.
>>Lieutenant T'Nogh, legen sie die Nachricht der Amazonas auf den Hauptschirm,<< forderte sie, dann den Kommunikations-Offizier auf.
>>Sofort Ma'am. Die Nachricht ist nun auf dem Schirm,<< bestätigte ihr Lieutenant T'Nogh.
>>Captain Karpuz, was kann ich für sie tun,<< fragte Captain Harlay noch etwas verschlafen, da sie eigentlich schon zu Bett gegangen war.
>>Haben ihr Sensoren schon irgend etwas entdeckt, was auf die Tholianer schließen lässt,<< antwortete ihr Captain Karpuz und schien es regelrecht zu geniessen, zu sehen das

Captain Harlay nicht, mit der Amazonas schritt halten konnte.

>>Leider nicht, aber wir werden unsere Suche nun in Gitter 28 fortsetzen,<< gab sie ihm zu Antwort, da sie sah, wie er es genoss, dass die Potsdam genauso wenig Erfolge vorweisen konnte, wie die Amazonas.

>>Hoffentlich entdecken Sie dort etwas von Interesse. Dieser Einsatz ist so spannend, wie die Erforschung gashaltiger Anomalien,<< entgegnete Captain Karpuz, der nicht glaubte, das sie dort irgend etwas entdecken würden.

>>Ja, das kenne ich. Ende der Transmission,<< sagte Captain Harlay zu ihm, da sie dieses Gespräch schnell beenden wolle, bevor er noch etwas sagen konnte.

Das Bild von Captain Karpuz verschwand wieder vom Schirm und es wurden wieder die Sterne darauf gezeigt.

>>Er glaubt wohl, er sei etwas besonderes, weil er ein neues Spielzeug hat,<< brach es nun aus Captain Harlay heraus, da sie es nicht mehr ertragen konnte, von so jemanden wie ihm, herabsetzend behandelt zu werden.

>>Commander Ramirec, sie haben wieder die Brücke! Machen Sie, mit der Sensorensuche weiter!<<

Schnaubte sie und stand aus dem Captainssessel wieder auf und verlies kurz darauf die Brücke.

In der Zwischenzeit auf Sternenbasis 219, in der medizinischen Sicherheitsabteilung. Die Wissenschaftler, die für Sektion 31 tätig waren und Doktor M'Banga, hatten ein Gegenmittel für die beiden Tholianer entdeckt.

Denn bei der Erkrankung, der Tholianer handelte es sich um einen Virus, gegen den die Menschheit und die Bürger der Föderation, entweder immun oder durch Impfung resistent waren.

Aber der Virus, wie auch der Impfstoff, hatten auf die Physiologie, der Tholianer eine ganz andere Reaktion gezeigt. Nach der Behandlung, mit dem Antivirus, ging es den beiden Tholianern sehr schnell wieder besser.

Nun befanden sie sich, in zwei dunklen Räumen irgendwo auf der Sternenbasis und wurden von Agenten der Sektion

31, wegen des Angriffs auf die U.S.S. Amazonas NX-19700 befragt.

>>Ihr Name, Schiff und ihr Auftrag und diesmal die Wahrheit, wir können nämlich auch anders,<< donnerte einer der Agenten, die sich als offizielle Mitarbeiter des Sternenflotten Geheimdienstes ausgaben.

>>Mein Name lautet Dalb, unser Schiff, der tholianische Scout Etlah und unser Auftrag bestand darin, die Grenzen des tholianischen Imperiums zu schützen und Eindringliche zu vertreiben, egal wie,<< übersetzte der Universalübersetzer alles, was der Tholianer zu Protokoll gab.

>>Sind dort draußen noch weitere Schiffe, die angeblich, an den Grenzen des tholianischen Imperiums, patrouillieren?! Und die Antwort nun etwas schneller,<< sagte nun der andere Agent, um den Tholianer einzuschüchtern.

>>Ich weiß leider nicht, wieviele weitere Schiffe dort draußen patrouillieren, in dem Sektor. Aber selbst wenn ich es wüsste, würde ich es ihnen nicht sagen,<< ent-gegnete der Tholianer, in der Hoffnung, dass sie ihre Drohungen nicht war machten.

>>Wir werden schon erfahren, was wir wissen wollen, wenn nicht mit ihrer Hilfe, dann aber mit der Hilfe des anderen. Oder durch Methoden, die sie sich nicht vorstellen können, jedenfalls noch nicht! Dann werden sie ganz bestimmt reden, Dalb,<< sagte nun einer der beiden Agenten wieder sehr viel energischer, als noch zuvor.

Bisher hatte der Tholianer, noch keinen der beiden Agenten zu geschicht bekommen, die ihm die Frangen stellten. Bisher waren sie nur zwei unterschiedliche Stimmen, die zu ihm Vordrangen.

>>Ohne die Schiffslogbücher werden Sie gar nichts erfahren,<< entgegnete der Tholianer, um sich selbst zu ermutigen, da er leider nicht wie die anderen das Glück hatte zu sterben, als ihr Kampf gegen das Föderationsschiff aussichtslos wurde.

>>Oh, wir haben die Schiffslogbücher bereits. Unsere besten Leute arbeiten schon daran, sie zu decodieren, es ist nur noch eine Frage von Stunden, bis wir von ihnen Wissen,

was wir wollen. Und dann, ...,<< gab der Agent dem Tholianer zu verstehen.

In einem weiteren Raum, über dem Befragungsraum, saß Admiral Kromm und sah sich die Fortschritte des Verhörs an.

>>Er wird bald brechen. Setzen sie dafür, alle nötigen Mittel ein. Informieren sie mich, wenn es soweit ist,<< sagte der Admiral zu einem anderen Agenten, der in diesem Raum alles aufzeichnete, was der Tholianer sagte und zwar nur das, was der Tholianer sagte, bevor er diesen Bereich der Station wieder verlies.

Im Sektor 1576 in Gitter 103, bei der U.S.S. Amazonas und ihrer Suche nach dem tholianischen Stützpunkt.

>>Hier draußen muss es doch irgend etwas geben, wofür es sich lohnt ein Schiff der Sternenflotte anzugreifen. Aber hier draußen ist rein gar nicht, nur leere. Oder Lieutenant Margot?<<

Sinnierte Captain Karpuz und lies sich diesmal, seinen Kaffee von einem Fähnrich bringen, der sich sowieso gerade auf der Brücke befand.

>>Die Sensoren können nichts außergewöhnliches entdecken, Sir. Aber warten Sie. Da taucht etwas in Gitter 75 auf, es scheint ein tholianisches Schiff zu sein. Aber es ist größer, als dass was uns das letzte mal angegriffen hat. Ich empfehle, die U.S.S. Potsdam zu rufen und sie hierher zu beordern,<< sagte Lieutenant Margot nun.

>>Ich verstehe Lieutenant Margot! Lieutenant Monroe, Sie haben gehört, was Lieutenant Margot empfohlen hat? Machen Sie es so,<< erteilte Captain Karpuz den Befehl und war sofort wieder bei der Sache.

>>Ja Sir! Ich rufe die Potsdam und übermittele ihr den Befehl, zu uns zu kommen,<< bestätigte Lieutenant Monroe, dem Captain und führte seine Anweisungen aus.

Wie die Potsdam wieder von der Amazonas gerufen wurde, beendeten sie gerade die Suche in Gitter 28 und wollten sich in Gitter 29 begeben.

>>Wir empfangen gerade eine weitere Nachricht, von der Amazonas. Nur Sensoren-Daten und den Befehl, uns so schnell wie möglich, zu ihrer aktuellen Position in Gitter 103 zu begeben,<< meldete Lieutenant T'Nogh Captain Harlay, die inzwischen etwas geschlafen hatte und nun ausgeruht wieder das Kommando übernommen hatte.

>>Lieutenant T'Nogh, bestätigen sie den Befehl. Wir sind in ein paar Minuten bei ihnen,<< entgegnete Captain Harlay ihm und wandte sich dem Hauptschirm zu.

>>Bestätigung ist raus, Captain!<<

>>Lieutenant Blanco, setzen sie Kurs auf die Amazonas. Maximum Warp!<<

Erteilte Captain Harlay nun die Befehle.

>>Alarm-Stufe Gelb, bereit machen für mögliche Schiffs-Trennung unter Warp.<<

>>Aye, Ma'am! Kurs liegt an,<< bestätigt der Lieutenant.

>>Und Energie!<< sagte Captain Harlay.

Die Potsdam flog einen weiten Bogen, bevor sie auf Warp beschleunigte und in den Warptransit überging.

Währenddessen, wurden an Bord der Amazonas auch Vorkehrungen getroffen.

>>Alarm-Stufe Gelb. Fahren sie die Schilde aus! Multivektor-Angriffsmodus bereit machen,<< erteilte Commander Zichner, der inzwischen zur Crew der Amazonas hinzu gestoßen war, aktuelle Befehle.

>>Das Schiff ist als tholianischer Kreuzer identifiziert. Teilen sie das auch der Potsdam mit, Lieutenant Monroe, damit sie sich auf die neue Situation einstellen können,<< gab Captain Karpuz weitere Befehle.

>>Ja, Captain! Die Daten werden an die Potsdam übermittelt,<< bestätigte Lieutenant Monroe.

>>Die Commander Sikes, Sommers und Luigie, besetzen mit ihren Teams, die Angriffs-Module zwei bis vier und fahren sie ihre Systeme hoch. Lieutenant Commander McConnels, geben sie mir einen Status-Bericht,<< gingen die Befehle des Captains weiter, da er von den Tholianern nicht noch einmal so vorgeführt werden wollte, wie vor knapp zwei Monaten.

>>Die Potsdam wird in etwas drei Minuten hier eintreffen. Laut Sensoren-Auswertung haben sie ihre Schilde ausgefahren und ihre Waffen aktiviert. Sie leiten in diesem Moment die Schiffs-Trennung ein! Sir, ich dachte Schiffe dieser große verfügen nicht über die Möglichkeit sich zu trennen,<< setzte Lieutenant Commander McConnels ihrer Meldung hinzu, da sie sogut wie nichts über die Spirit-Klasse wusste.

>>McConnels, sie haben eigentlich recht. Aber die Spirit-Klasse gehört zu einer Ausnahme an Schiffsklassen. Die Schiffe der Spirit-Klasse, ähneln in ihrer Grundstruktur, den früheren Schiffen der Galaxy-Klasse,<< gab Commander Zichner der taktischen Offizierin zur Antwort.

Der erste Offizier, war schon immer von allen Schiffsklassen der Sternenflotte fasziniert und war über die meisten Schiffe bestens informiert. Für ihn war es auch ein besonderes Anliegen, mal auf einem Schiff Dienst zu tun, das gerade als neue Schiffsklasse eingeführt wurde.

>>Sir, ich will ihnen nicht Widersprechen, aber die Galaxy-Klasse kann doch keine Schiffs-Trennung, bei vollem Warp durchführen,<< entgegnete McConnels, die sich nun etwas ärgerte, da sie sich vorher nicht richtig informiert hatte.

>>Oh, sie sollten mal ein paar der ersten Missions-Berichte der U.S.S. Enterprise 1701-D lesen. Man hat damals das Schiff bei maximum Warp getrennt,<< erläuterte Commander Zichner ihr.

>>Es wundert mich, Sir, dass es das Schiff bei diesem Manöver nicht zerrissen hat. Man hat doch damals noch mit Andockklammern gearbeitet, bevor man Magnet-Kupplungen verwendet hat,<< sagte Lieutenant Commander McConnels nun und war entgeistert darüber.

>>Ja, das ist eigentlich ein Wunder, aber dieses Manöver wurde von Admiral Data ausgeführt, der damals noch im Rang eines Lieutenant Commanders war,<< führte Commander Zichner seine Erklärungen fort.

>>Selbst für Admiral Data, muss es eine Herausforderung gewesen sein, unter diesen Umständen damals,<< warf Lieutenant Monroe ein.

>>Ja, da stimme ich ihnen zu Lieutenant,<< entgegnete Commander Zichner ihr.
Die Unterhaltung, der Brücken-Offiziere, wurde durch das Eintreffen der Status-Berichte, aus den anderen Angriffs-Modulen unterbrochen.
>>Lieutenant Monroe, wie lauten die Berichte, der anderen Module,<< wollte Captain Karpuz von ihr wissen, da er sich auf die folgenden Ereignisse konzentriert hatte, anstatt sich der Unterhaltung anzuschließen.
>>Die Commander melden, das alle Stationen besetzt und Einsatzbereit sind,<< meldete Lieutenant Monroe, die sich nun wieder ihrer Konsole wittmete.
>>Stellen sie wieder eine Verbindung, zu Captain Harlay her, Lieutenant Monroe,<< forderte Captain Karpuz sie anschließend auf.
>>Die Verbindung zu Captain Harlay, an Bord der Potsdam steht,<< bestätigte Lieutenant Monroe erneut.
>>Captain Harlay, wir werden nach dem Picard-Manöver gegen die Tholianer vorgehen, bei einem Angriff,<< sagte Captain Karpuz zu ihr.
>>Ich verstehe Captain Karpuz, Sie hoffen darauf, dass die Sensoren der Tholianer nicht so schnell reagieren, um ein neues Ziel zu erfassen. Ich schlage vor, auch ein Plasma-Manöver in Betracht zu ziehen, wenn das Picard-Manöver fehlschlagen sollte,<< unterbrach ihn Captain Harlay.
Die mit dem Vorgehen, von Captain Karpuz nicht so recht einverstanden war. Dies würde sie ihm, aber garantiert nicht über Subraum mitteilen.
>>Ich werde ihren Vorschlag in Betracht ziehen, Captain Harlay,<< entgegnete Karpuz von sich selbst überzeugt.
Hinter Captain Karpuz, meldete sich plötzlich Lieutenant Monroe zu Wort.
>>Captain, wir erhalten von dem tholianischen Schiff eine Nachricht, nur Audio, kein Bild.<<
>>Legen Sie, die Nachricht auf die Lautsprecher, Lieutenant Monroe. Aber so, das Captain Harlay mithören kann, << befahl der Captain ihr.
>>Ja Sir, ist erledigt,<< bestätigte Lieutenant Monroe.
Über die Lautsprecher war zu hören:

>>Sie sind widerrechtlich in tholianisches Hoheitsgebiet Eingedrungen. Sie haben den Sektor sofort zu verlassen, sonst eröffnen wir das Feuer auf sie.<<

Und somit endete die Übertragung der Tholianer.

>>Lieutenant, öffnen sie einen Kanal zu dem tholianischen Schiff,<< erteilte Karpuz seinen Befehl, mit energischer Stimme.

>>Kanal ist offen,<< bestätigte Monroe.

>>Hier spricht Captain Ferdinant Karpuz, vom Föderations Raumschiff U.S.S. Amazonas. Wir sind hier, um den Angriff, auf eines unserer Schiffe zu untersuchen. Außerdem ist dieser Sektor, in den Sternenkarten der Föderation, nicht als tholianisches Hoheitsgebiet verzeichnet,<< sagte der Captain, an die Tholianer gerichtet und wandte sich dann Lieutenant Monroe zu.

>>Die Nachricht wurde zwar von den Tholianern empfangen, aber es gibt keinerlei Reaktionen von ihnen,<< meldete Monroe weiter und überprüfte ihre Anzeigen nochmal.

Da meldete sich plötzlich Lieutenant Commander McConnels zu Wort, von der Taktischen-Station.

>>Sir, die Sensoren erfassen, dass sie ihre Waffensysteme aktivieren.<<

Darauf hin meldete sich auch Lieutenant Drexler zu Wort.

>>Vielleicht reagieren sie, durch diese Maßnahme, nur auf ihr verschwundenes Schiff. Das wir nach dem Angriff auf uns, nach Starbase 219 gebracht haben.<<

Der Captain reagiert sofort auf die Äußerung, von Lieutenant Drexler.

>>Dies könnte möglich sein. Aber woher sollten sie wissen, das ausgerechnet wir das Schiff haben,<< brachte Commander Zichner einen Einwurf an, der sich nicht so weiteres von der Hand weisen lies.

>>Vielleicht konnte das Schiff, vorher noch eine Subraum-Nachricht übermitteln.<<

>>Also gut, Schiffstrennung nun durchführen,<< beendete nun Karpuz einen seiner Befehle, den er vor einigen Minuten erteilt hatte.

Wieder ging ein sanfter Ruck durch das ganze Schiff, als sich die Magnet-Kupplungen lösten und sich die einzelnen

Angriffs-Module trennten. Lieutenant Monroe und Lieutenant Commander McConnels melden, das alle Systeme Online und bereit waren. Die vier Angriffs-Module und die zwei Kampfeinheiten der Potsdam, standen dem tholianischen Schiff nun gegenüber. Der tholianische Kreuzer war nur ein drittel kleiner, als eine Kampfeinheit der Potsdam.

>>Sir, wir erhalten nun eine weitere Nachricht von dem tholianischen Kreuzer,<< meldete sich Lieutenant Monroe zu Wort.

>>Auf die Lautsprecher, Lieutenant!<<

Nach einigen Sekunden, hört man dann nun endlich die Nachricht der Tholianer.

>>Sie sind widerrechtlich in tholianisches Hoheitsgebiet Eingedrungen, verlassen sie sofort diesen Sektor, sonst müssen wir das Feuer auf sie eröffnen.<<

Es war die gleiche Nachricht, die sie auch das Erstemal gesendet hatten.

>>Mit welchen Waffen, könnten uns die Tholianer angreifen,<< fragte der Captain seinen Taktischen-Offizier.

>>Nachdem, was wir über die Tholianer wissen, benötigen sie ein zweites Schiff, um ein Netz zu spinnen, welches in den Transphasenraum führt. Ansonsten verfügen sie über Disruptor-Waffen und Torpedos. Aber wir wissen leider nicht, um was für Torpedos es sich dabei Handelt,<< gab sie dem Captain zur Antwort.

>>Captain Karpuz, wollen sie auf die Forderung der Tholianer eingehen,<< kam plötzlich die Frage von Captain Harlay, über die Kom-Verbindung, die noch offen war.

>>Ich hatte ja ganz vergessen, das die Kom-Verbindung zu ihnen noch aktiv ist,<< sagte Karpuz, der seine Erstauntheit ihr gegenüber gut überspielte.

>>Ja, wir werden vorerst auf die Forderungen der Tholianer eingehen. Vielleicht erfahren wir so, etwas mehr.<<

Und die Kom-Verbindung, zu Captain Harlay, wurde daraufhin sofort unterbrochen, nachdem er Lieutenant Monroe ein Zeichen gegeben hatte.

>>Lieutenant Monroe, teilen Sie den anderen Modulen mit, dass wir den Sektor vorerst verlassen,<< sagte Commander

Zichner zu ihr und begab sich zusammen mit dem Captain, kurz in seinen Bereitschaftsraum.
Dort wollten sie unter vier Augen besprechen, wie sie nun weiter vorgehen würden.
Die beiden Schiffe verließen den Sektor 1576 scheinbar, um zu einem späteren Zeitpunkt hier her zurück zukehren. Das tholianische Schiff bleibt, vorerst alleine im Sektor 1576 zurück. Da es für die Tholianer so aussehen sollte, das sich die Föderationsschiffe zurück ziehen würde. Während die Schiffe, die Wende einleiteten, setzten sie sich wieder zusammen.

5. Kapitel

Als die Schiffe fünf Sektoren weit weg waren von dem tholianischem Schiff, gingen sie unter Warp und aktivieren die Tarnvorrichtungen, damit sie von den Tholianern nicht mehr geordnet werden konnten.
>>Sir, ich schlage vor, dass wir sofort wieder zurück kehren und ihnen somit keinerlei Chance geben, irgendetwas vorzubereiten gegen uns,<< sagte Lieutenant Commander McConnels zu Captain Karpuz und stützte sich dabei auf ihrer Konsole ab, bevor dieser noch irgendwelche anderen Maßnahmen in Betracht ziehen konnte.
>>Commander, ich habe ihren Vorschlag vernommen, aber wir werden vorerst, in diesem Sektor bleiben. Und unsere weitere Taktik, mit dem Oberkommando erst besprechen. Außerdem verfügt die Potsdam, nicht über das gleiche Potential wie wir,<< gab ihr Captain Karpuz, in einem sehr ruhigen und verständlichem Tonfall zur Antwort.
>>Lieutenant Monroe, öffnen sie einen Kanal zum Oberkommando und schalten sie auch Captain Harlay hinzu, ich will sie bei diesem Gespräch dabei haben.<<
>>Die Verbindung, zu Captain Harlay ist bereits wieder hergestellt. Ich habe nun auch die Verbindung zum Oberkommando herstellen können. Wollen sie das Gespräch hier führen,<< fragte Lieutenant Monroe nach.
>>Nein, ich werde mit Commander Zichner, in meinen Raum gehen. Stellen sie die Verbindungen dahin durch,<< antwortete ihr der Captain.
Commander Zichner und Captain Karpuz verließen gemeinsam die Brücke und begaben sich nun wieder, in den Bereitschaftsraum des Captains und überließen das Kommando bei Lieutenant Commander McConnels.

Im Bereitschaftsraum des Captains, hatten es sich der Captain und Commander Zichner bequem gemacht, um nun zusammen mit Captain Harlay und dem Oberkommando zu besprechen, wie sie weiter vorgehen sollten. Dazu waren alle beteiligten mit einer Konferenz-Schaltung verbunden.

>>Admiral Slone, was sollen wir jetzt tun? Wir haben uns erstmal zurückgezogen. Da sich unsere Kenntnisse, über die Bewaffnung eines tholianischen Kreuzers, nur auf das Beschränken, was wir bisher nur gesehen haben. Und sie wissen selbst, dass dies nicht sehr viel ist. Schließlich haben wir nur, einen tholianischen Scout aufbringen können,<< begann Captain Karpuz sein Gespräch mit Admiral Slone.

Der Admiral gehörte zum engeren Stab von Flottenadmiral Kromm, auf Sternenbasis 219.

>>Und die Bewaffnung des Scoutes, war eigentlich nicht so gefährlich für die Amazonas. Sie hatten nur von den System versagen profitiert.<<

>>Captain Harlay, sind Sie in der Lage, sich der neuen Situation anzupassen,<< fragte Admiral Slone sie, bevor er weitere Order für diese Mission erteilte.

>>Solange unsere Standard-Tarnvorrichtung ausreichend ist, folge ich Captain Karpuz wieder in den Sektor 1576. Sollte sich die Situation in Sektor 1576 so verändern, dass unser Standard-Tarnvorrichtung nicht mehr reichen sollte, werde ich mich mit der Potsdam, aus Sektor 1576 zurückziehen und mich wieder mit ihnen in Verbindung setzen,<< antwortete Captain Harlay dem Admiral.

>>Also gut, kehren sie auf der Stelle zurück nach Sektor 1576, zu dem tholianischen Kreuzer und bleiben sie getarnt. Captain Harlay sollte sich die Situation wirklich so verändern, das sie sich zurückziehen müssten, um die Potsdam nicht zu gefährden, werde ich ein weiteres Schiff der Amazonas-Klasse in den Sektor 1576 beordern müssen. Die U.S.S. Draconis befindet sich zur Zeit, bei ihren Test-Flügen und führt auch einige kleinere Missionen durch, sollte es wirklich soweit kommen, werde ich ihnen die Draconis schicken,<< somit beendet Admiral Slone, das Gespräch und auf einem Teil des Wandschirms war nun das Symbol, des Sternenflotten-Oberkommandos zu sehen.

Eine Stunde später befanden sich beide Schiffe wieder im Sektor 1576. Zehntausend Kilometer von der Stelle entfernt, wo sich bei ihrem Rückzug, das tholianische Schiff befunden hatte. Sie hatten neben der Tarnung, auch ihre

Angriffsmodie aktiviert. In der Zwischenzeit war noch ein weiteres tholianisches Schiff aufgetaucht, es handelte sich dabei ebenfalls um einen Kreuzer. Mit diesem zusammen hatte man begonnen, ein Netz zu spinnen. Es sah so aus, als ob sie so nach ihrem verschwundenen Scout suchten. Nachdem sie mit dem Netz fertig waren, trat eines der Schiffe in den Phasen-Raum ein. Nun verschwand es immer wieder, für eine Gewisse Zeit aus dem Normalraum, in den Interphasenraum. Die Crew's beider Schiffe hofften nun darauf, dass die Tholianer sie nicht orten können, aus dem Phasen-Raum heraus, trotz ihrer Tarnung.
>>Lieutenant Monroe, senden sie alle gesammelten Sensoren-Daten, an das Oberkommando. Die Angriffs-Module sollen auf den vorher festgelegten Positionen, in Stellung gehen und dort auf weitere Befehle warten,<< sagte Commander Zichner zu ihr, da sich Captain Karpuz momentan nicht auf der Brücke aufhielt.
Dieser war in seinem Quartier, um sich etwas frisch zu machen und etwas schlafen zu bekommen, was ihm vom Schiffsarzt verordnet wurde.
>>Die Daten werden übermittelt und die Angriffs-Module, sowie Captain Harlay's Kampfeinheiten melden, das sie auf Position sind und und dort weitere Befehle abwarten,<< teilte Lieutenant Monroe, dem Commander mit.
Fähnrich Ryan, die gerade die Brücke betreten hatte, da ihre Schicht an der Wissenschaftlichenstation begann, fragt den Commander plötzlich, was das für ein Netz im genauen sei, das die Tholianer da errichtet hatten.
>>Um ihre Frage zu beantworten, Fähnrich. Bei dem Netz handelt es sich, um ein tholianisches Interphasennetz. Dass wurde, das letzte mal von Captain James Tiberius Kirk, an Bord der U.S.S. Enterprise NCC-1701 gesehen, als sie das verschwinden der U.S.S. Defiant NCC-1764 untersucht haben,<< erhielt sie als Antwort.
>>Was war mit der Defiant,<< hackte Fähnrich Ryan nach, um ihr Interesse zu stillen, was nun in ihr aufgekommen war.
>>Das können sie in ihrer Freizeit, in der Schiffs-Bibliothek nachlesen. Gehen sie jetzt auf ihren Posten, damit

Lieutenant Margot zu seiner Ablösung kommt und sich auch etwas ausruhen kann,<< sagte Doktor Wiechinski, der auch eben die Brücke betreten hatte und somit die Ausführungen des Commanders unterbrach, der dazu neigte Gespräche zu unpassenden Zeiten zu beginnen.
Doktor Wiechinski war in seiner Art, aber schon fast so wie einst Doktor Leonard H. Mc Coy, dem Schiffsarzt der NCC-1701. Er hielt sich selbst, auch für einen kleinen Landarzt, der zufällig auf einem Raumschiff seinen Beruf ausübte.
>>Commander Zichner, wir erhalten soeben eine wichtige Nachricht vom Flottenkommando. Soll ich Captain Karpuz auf die Brücke rufen,<< meldete sich Lieutenant Nüsser, die die Nachricht an der Kommunikations-Station entgegen genommen hatte, da Lieutenant Monroe bereits die Brücke verlassen hatte.
>>Nein, lassen sie den Captain schlafen. Legen sie, die Nachricht auf den Schirm,<< sagte Zichner und warft dabei Doktor Wiechinski einen kurzen Blick zu.
Auf dem Hauptschirm erschien Admiral Slone, der einen etwas überraschten Eindruck machte.
>>Ich hätte Captain Karpuz erwartet und nicht sie Commander,<< begann der Admiral, mit seiner Nachricht.
>>Nagut. Wir haben ihre Daten, mit dem Logbuch des tholianischen Scout's abgeglichen und haben herausgefunden, dass die Tholianer im Taeot-System, nahe des Sektors 1576, einen Außenposten errichten.<<
>>Gehört das Taeot-System und Sektor 1576, nicht zum Föderations-Gebiet,<< fragte Fähnrich O'Maily, von der OPS.
>>Nein, aber es gehört zum alten Einflussgebiet der Organier. Und wir wissen momentan noch nicht, wie die Organier darauf reagieren werden wenn wir nun in dieses Gebiet eindringen, um gegen die Tholianer vorzugehen. Aber wir werden die alten Verträge, sowie das Khitomer-Abkommen prüfen, was aus dieser Zeit stammt und uns auch mit den Organiern in Verbindung setzen,<< somit endete die Übertragung von Admiral Slone und es erschien

erst das Symbol des Flottenkommandos, bevor man wieder die Sterne sehen konnte.
Da meldet sich plötzlich wieder Fähnrich Ryan zu Wort, die in der zwischen Zeit ihren Posten übernommen hatte.
>>Sir, was werden wir nun tun?<<
>>Diese Entscheidung, liegt bei Captain Karpuz,<< antwortete ihr noch Commander Zichner.
>>Commander Magentaier, sie haben nun die Brücke, für die Nachtschicht. Doktor Wiechinski, wollen sie mich noch begleiten, für einen kurzen Abstecher ins Kasino.<<
>>Aber mit vergnügen, Commander,<< antwortete ihm der Doktor.
Die beiden verließen gemeinsam die Brücke, über Turbolift zwei und begeben sich ins Kasino, auf Deck 11.

In der Zwischenzeit auf Sternenbasis 219, auf der Flottenwerft Talos. Die sich in den unteren Dockstationen, der Triornal-Klasse Raumsation befanden.
>>Die Neuerungen an der Spirit-Klasse, halten die baulichen Maßnahmen, an der Amazonas ganz schön auf,<< meinte einer der Techniker, die für diese Arbeiten eingeteilt wurden, da er lieber beim Bau der anderen Schiffe, der Amazonas-Klasse weiter beteiligt gewesen wäre.
>>Denk nur daran, das die restlichen Schiffe der Republic-Klasse, auch wieder aus den Depo's kommen und Aufgerüstet werden müssen,<< sagte einer seiner Kollegen, als sie sich zusammen mit noch einem halben duzend anderer Techniker, zu einem Schiff der Spirit-Klassen bringen liesen, in einer werftseigenen Reisekapsel.
>>Man sollte doch meinen, dass die Sternenflotte, nicht schon genug Schiffe dort draußen hat. Aber Flottenadmiral Kromm wird wohl schon wissen was er tut.<<
Die Reisekapsel flog zwischen den einzelnen Schiffswerfts-Abteilungen hindurch, um endlich bei der U.S.S. Roddenbarry NCC-61576 ein zutreffen. Die Reisekapsel umrundete das Schiff, um dann nach einem vorgegebenen Flugplan, an der Antrieb-Sektion anzudocken. Die beiden Techniker, die sich unterhalten hatten, betraten als erstes die Luft-Schleuse, mit Atem-Ausrüstung, um die Lebens-

erhaltung auf dem Schiff, erst wieder zu aktivieren. Nun legten sie ihre Atem-Ausrüstung ab und begaben sich mit den anderen Technikern, aus der Reise-Kapsel in den Maschinenraum. Von dort aus wurde die Energie des gesamten Schiffes wieder hochgefahren, damit auch anderen Techniker noch aus der Station, an Bord gebeamt werden konnten. Es dauerte nur ein paar Minuten, bis die Energie hochgefahren war und überall auf dem Schiff die Lebenserhalungsysteme funktionierten. Chief Raily gab sein O.K., dass die anderen Techniker-Crew's ebenfals an Bord kommen konnten.

6. Kapitel

Logbuch, des Captain's: Sternzeit 51123,66 Wir befinden uns nun seit mehreren Stunden wieder im Sektor 1576 und beobachten das Vorgehen der Tholianer, die offenbar nach ihrem Scout suchen. Den wir aber nach dem Angriff auf uns, aufgebracht haben und zur genaueren Untersuchung nach Sternenbasis 219 gebracht hatten.
Das Flottenkommando, konnte uns bis jetzt noch keine näheren Informationen, über die alten Verträge geben. Dies liegt mit daran, dass wir seit mehreren hundert Jahren keinen Kontakt mehr zu den Organiern hatten.
Die Sternenflotte wird wohl erst ein Schiff nach Organia schicken müssen, um mit ihnen wieder in Kontakt tretten zu können und ihnen diese Situation genaustens zu klären.
Wir haben hier selbst vor Ort, das Khitomer-Abkommen überprüft. Konnten aber keinen speziellen Verweis auf diesen Raum-Sektor darin vorfinden, da das Khitomer-Abkommen den Vertrag von Organia aufgehoben hatte.
Ende des Logbuchseintrages. Captain Ferdinant Karpuz, kommandierender Offizier der U.S.S. Amazonas NX-19700.<<

Die Hauptbrückencrew, war zur Frühschicht auf der Brücke erschienen und fanden dort bereits Captain Karpuz vor, der an seinem Sessel mit einer Tasse heißem Kaffees stand. Die Offiziere lösten die Nachtschicht ab und begaben sich auf ihre Stationen.
>>Sir, die Sensoren registrieren soeben, dass das Schiff wieder aus dem Netz austritt. Sie scheinen uns nicht entdeckt zu haben, jedenfalls entfernen sie sich in Richtung Sektor 1594 und gehen auf Warp,<< meldete Lieutenant

Commander McConnels, kurz nachdem die letzten Offiziere der Nachtschicht, die Brücke verlassen hatten.
>>Wir werden den Schiffen folgen, setzen sie einen Kurs Lieutenant Drexler. Commander, teilen sie den anderen Angriffs-Modulen mit, das wir den Multivektor-Angriffsmodus deaktivieren,<< erteilte Captain Karpuz, daraufhin seine neuen Befehle und setzte sich nun ebenfalls auf seinen Sessel.
>>Was ist mit den Verträgen,<< fragte Lieutenant Monroe und nahm einige neue Einstellungen, an der Konsole vor.
>>Wir werden die Verträge nicht verletzen, da wir keinerlei Angriffe provozieren werden, Lieutenant,<< antwortete der Captain ihr.
>>Außerdem, teilen sie der Potsdam mit, sie soll sich zurückziehen und mit dem Flottenkommando Kontakt aufnehmen. Lieutenant Commander McConnels, ändern Sie unsere Tarnung, in den Interphasen-Tarnmodus.<<
Man sah im Normalraum nur ein kaum sichtbares Flackern, als sich die Tarnung der Amazonas änderte und sie ebenfalls auf Warp beschleunigte.

Die Potsdam blieb im Sektor 1576 zurück und deaktivierte ihre Tarnung wieder.
>>Lieutenant Blanco, setzen sie Kurs auf Sternenbasis 219, damit wir zu unserer Aufrüstung kommen und Lieu-tenant T'Nogh stellen sie eine Verbindung zum Flotten-kommando her,<< sagte Captain Harlay und lehnte sich in ihrem Sessel zurück.
Die Potsdam dockte zuerst wieder ihre Untertassen-Sektion an, bevor sie auf Warp ging. Da sie dieses Manöver nicht gerne durchführten, während des Warp-fluges.
>>Captain, ich habe die Verbindung zu Admiral Slone. Ich lege sie auf den Schirm,<< teilte Lieutenant T'Nogh ihr mit.
>>Captain Harlay, wie kann ich ihnen Helfen,<< fragte der Admiral sie.
>>Wir haben uns vor einigen Minuten, von der Amazonas getrennt. Sie verfolgt die beiden tholianischen Kreuzer nach Sektor 1594 weiter. Wir kehren nun nach Sternenbasis 219

zurück, um das Schiff ebenfalls Aufrüsten zu lassen,<< teilte sie ihm mit.
>>Nein, die Pläne haben sich geändert. Sie werden nach Deep Space Nine fliegen und von dort aus auf ihre nächste Mission gehen, ihre Aufrüstung wird erst danach erfolgen können. Auf dem Weg nach Deep Space Nine, werden sie sich mit der U.S.S. Draconis treffen und Captain Ranar eingehend über die Ereignisse informieren,<< erteilte Admiral Slone ihr die neuen Befehle.
Die Verbindung wurde daraufhin vom Flottenkommando unterbrochen und auf dem Hauptschirm war nur noch das Symbol, des Flottenkommandos zu sehen. Lieutenant T'Nogh schaltete den Schirm daraufhin, wieder auf Normalanzeige zurück.
>>Lieutenant, sie haben gehört, was Admiral Slone gesagt hat. Ändern sie den Kurs nach Deep Space Nine,<< sagte Captain Harlay zu ihrem Steuermann.

Die Draconis befand sich derzeit auf einem ihrer Testflüge und absolvierte dabei eine kleine Mission, um nicht ebenfalls so überrascht zu werden, wie es bei der Amazonas der Fall war. Obwohl man nach diesem Vorfall Änderungen vorgenommen hatte, an den weiteren noch in Bau befindlichen Schiffen der Amazonas-Klasse. Als sie eine Nachricht vom Flottenkommando erhielten.
>>Captain Ranar, hier ist eine Nachricht vom Flottenkommando, der ersten Priorität. Direkt von Flottenadmiral Kromm,<< meldete Commander Asleif dem Captain, der gerade mit Lieutenant Commander Irendor, an der Taktischenstation arbeitete.
>>Ich nehme das Gespräch in meinem Raum entgegen, Commander Asleif,<< sagte Captain Ranar zu ihm und begab sich in den Bereitschaftsraum.

Er setzte sich in den Stuhl, hinter den Schreibtisch und lässt einen Monitor ausfahren.
>>Stellen Sie, nun die Nachricht des Flottenkommandos zu mir durch, Commander,<< teilte der Captain ihm über Interkom mit.

>>Sicherheitscode-Eingabe 4971-A-01 Captain Tylian Ranar, Retina-Scan aktivieren,<< sagte der Captain nun weiter, an den Schiffs-Computer gerichtet.

>>Sicherheitscode und Retina-Scan sind positiv. Nachricht wird frei gegeben,<< meldete der Schiffs-Computer die Bestätigung.

>>Ich grüße sie Admiral Kromm. Welcher Ehre habe ich es zu verdanken, das sich der Ober-Befehlshaber der Flotte, persönlich bei mir meldet,<< begann Captain Ranar das Gespräch, da er sich noch nicht vorstellen konnte, warum sich ausgerechnet der Ober-Befehlshaber, der Sternenflotte bei ihm meldete. Mit der Draconis war doch alles, in Ordnung.

>>Um gleich zum Punkt zu kommen. Sie Treffen sich mit der U.S.S. Potsdam der Spirit-Klasse, die sich gerade auf dem Weg nach Deep Space Nine befindet. Sie erhalten von Captain Harlay, alle weiteren Informationen und fliegen danach dierekt zur Position der U.S.S. Amazonas im Sektor 1594. Sie verfolgt zwei tholianische Kreuzer. Ich wünsche ihnen viel Erfolg, bei ihrer neuen Mission, Admiral Kromm ende,<< sagte er, ohne auf die Worte von Captain Ranar zu reagiert zu haben.

Bevor Captain Ranar noch irgend etwas sagen konnte, wurde die Verbindung wieder unterbrochen und durch das Symbol des Flottenkommandos ersetzt. Der Captain stand auf und verlies den Bereitschaftsraum wieder und begab sich zur Conn-Station, um persönlich den neuen Kurs einzugeben, den er zusammen mit der Nachricht erhalten hatte. Die Draconis flog einen Bogen, bevor sie auf Warp beschleunigt, um sich mit der U.S.S. Potsdam zu treffen.

In der Zwischenzeit im Sektor 1594, an Bord der U.S.S. Amazonas. Sie erhielten ebenfalls eine Nachricht von Flottenadmiral Kromm.

>>Captain, wollen sie die Nachricht von Admiral, in ihrem Quartier oder in ihrem Raum entgegen nehmen,<< fragte Lieutenant Monroe ihn, über Interkom.

>>Ich nehme das Gespräch in meinem Raum entgegen,<< antwortete der Captain ihr.

Einige Minuten später, trat Captain Karpuz aus dem Turbolift und ging in seinen Bereitschaftsraum, wo er sich ebenfalls, in den Stuhl hinter dem Schreibtisch setzte und einen Monitor darauf ausfahren lies.

>>Lieutenant Monroe, schicken sie Commander Zichner zu mir herrein und stellen Sie dann, die Nachricht zu mir durch,<< teilte Karpuz ihr, über das Interkom mit.

Nachdem Commander Zichner den Raum ebenfalls betreten hatte, wandte sich Captain Karpuz dem kleinen Monitor zu, den er eben ausgefahren hatte.

>>Sicherheitscode-Eingabe 2942-A-001 Captain Ferdinant Karpuz, Retina-Scan aktivieren,<< sagte der Captain, an den Schiffs-Computer gewandt.

>>Sicherheitscode und Retina-Scan sind positiv. Nachricht wird frei gegeben,<< bestätigt der Schiffs-Computer.

Karpuz schaltete die Übertragung auf den Wand-Monitor, rechts von ihm, von seinem Tisch aus.

>>Admiral Kromm, hat sich Captain Harlay, mit ihnen in Verbindung gesetzt, nachdem sie sich von uns getrennt hatte,<< fragte der Commander ihn gleich, nachdem das Bild auf dem Wand-Monitor erschienen war.

>>Nein, Captain Harlay hat mit Admiral Slone gesprochen. Die Potsdam wird sich mit der U.S.S. Draconis treffen und Captain Ranar, soweit es sie angeht, schon über alle wichtigen Daten informieren. Sie werden dann den Rest übernehmen,<< teilte der Admiral ihnen mit.

>>Admiral, welche Mission wird Captain Harlay, nach der Aufrüstung der Potsdam, durchführen,<< fragte Karpuz ihn nun, da er es sich vorstellen konnte, seinen nächsten Urlaub mit ihr zu verbringen.

>>Die Potsdam wird noch nicht wieder Aufgerüstet, dies wurde vorübergehend zurück gestellt. Sie wird nach Deep Space Nine zurückkehren, um von dort aus wieder Patrouillen-Flüge entlang der Neutralen Zone durchzuführen. Bis sie von einem anderen Schiff der Spirit-Klasse dort abgelöst werden kann,<< antwortete Kromm ihm und beendete die Übertragung daraufhin.

Auf dem Monitor war nur noch das Symbol des Flottenkommandos zu sehen, bevor Captain Karpuz das Gemälde der Amazonas wieder herstellte.

Commander Zichner verlies den Bereitschaftsraum des Captains und begab sich wieder auf die Brücke. Der Captain blieb noch für einen Moment, in seinem Bereitschaftsraum sitzen, um über einiges nachzudenken.

Der Commander informierte die Brückencrew darüber, was sie als nächstes tun würden.

>>Wir bleiben erstenmal hier, am Rande des Sektors 1594, bis die U.S.S. Draconis hier ebenfalls eintrifft. Lieutenant, fliegen sie uns in diesen Asterioiden hinein,<< sagte Zichner, an Lieutenant Drexler gerichtet, der an der Conn saß.

>>Wie lange wird es etwa dauern, bis die Draconis hier eintrifft,<< fragt er, den Commander.

>>Es wird wohl noch einige Stunden in Anspruch nehmen. Da sie sich vorher noch, mit der U.S.S. Potsdam treffen sollen,<< kam die Antwort vom Captain, der nun ebenfalls die Brücke betreten hatte.

7. Kapitel

Logbuch, des Captains: Sternzeit 51125,43 Wir befinden uns auf dem Weg nach Deep Space Nine, um von dort aus, auf Patrouillen-Flüge entlang der Neutralen Zone zugehen. Zumindest so lange, bis wir von einem anderen Schiff abgelöst werden können, damit die wirklich nötigen Aufrüstungen an der Potsdam vorgenommen werden können.
Die Draconis hat uns mitgeteilt, dass sie in einer Stunde bei uns hier eintreffen wird.
Ich werde mich dann an Bord der Draconis begeben, um persönlich mit Captain Ranar und seine Crew, über die Vorfälle im Sektor 1576 zu sprechen und alle mir soweit bekannten Informationen mitteilen.
Ende des Logbuchseintrages. Captain Diana Harlay, kommandierende Offizierin der U.S. S. Potsdam NCC-80011.<<

Eine Stunde später. Die Draconis ging in diesem Moment, längsseits der Potsdam und rief Captain Harlay.
>>Hier ist Captain Harlay, ich befinde mich gerade in der Hauptsensorenphalanx eins und bin bereit, zu ihnen an Bord zu beamen,<< antwortete Captain Harlay, auf den Ruf der Draconis.
>>Ich werde mich sehr freuen, sie an Bord begrüßen zu dürfen,<< entgegnete Captain Ranar, der schon von der Stimme Captain Harlay's fasziniert war, sich aber ein wenig über ihren Aufendhaltsort wunderte.

Captain Ranar, befand sich auf dem Weg zu Transporterraum drei, zusammen mit Lieutenant Commander Fredor, der den Transporter bedienen sollte.
>>Commander, dann wollen wir einmal Captain Harlay an Bord beamen,<< sagte Ranar und setzte ein vielsagendes lächeln auf.

Beide betreten den Transporterraum und Lieutenant Commander Fredor begab sich an die Transporter-Kontrollen.

>>Der Transporter ist bereit, dann wollen wir sie einmal rüber beamen,<< entgegnet der Lieutenant Commander und fing nun auch an zu lächeln, als er den Transporter-Vorgang einleitete.

Es dauerte nur wenige Sekunden, bis eine Person im Transporterfokus erschien und Form annahm. Nachdem Captain Harlay rematerialisiert war, war Captain Ranar im ersten Moment etwas sprachlos, als er sie sah. Sie war der jüngste weibliche Captain, den er nun kannte und auch noch so gut aussah. Da glaubte man es gar nicht recht, dass sie den Posten über ein eigenes Schiff, innerhalb der Sternenflotte hatte. Das sagte er ihr natürlich auch, als er wieder zu Worten kam. Sie setzte auf Grund dieses Kombliementes ein lächeln auf, was sie nur noch Attraktiver machte.

>>Wir sollten in die Aussicht-Lounge gehen, wo die anderen Offiziere bereits auf uns warten werden,<< sagte Captain Harlay zu ihm, da es ihr nun doch etwas Unbehagen bereitete, wie er und Lieutenant Commander Fredor sie ansahen.

Andererseits war sie natürlich auch geschmeichelt, das sie nun nicht so einen selbstgefälligen und in ihren Augen hochnässigen Captain vor sich , wie sie es bei Karpuz erlebt hatte.

>>Natürlich, hier entlang,<< entgegnete Captain Ranar und sie stieg von der Transporter-Plattform herunter.

Zusammen verliesen alle drei den Transporterraum und begaben sich zu Turbolift vier. Auf dem Weg zum Turbolift, sagte Captain Harlay über Captain Ranar, dass die Amazonas-Klasse sehr beeindruckend sei, auch wenn sie zum ersten mal, an Bord eines dieser Schiffe sei.

>>Ja, es ist auch der Stolz des S.F.P.S.D.,<< antwortete er ihr.

>>Waren Sie, während sie zusammen, mit der Amazonas auf Erkundungs-Mission waren, nie an Bord,<< fragte Lieutenant Commander Fredor.

>>Nein. Ich hatte den Eindruck, das Captain Karpuz die Potsdam, bei dieser Mission nicht dabei haben wollte. Und

seine unterschwelige Art mir gegenüber, mochte ich auch nicht,<< antwortete Harlay wahrheitsgemäß.
Sie betraten den Turbolift und Lieutenant Commander Fredor, gab dem Computer die Anweisung, zur Aussichts-Lounge auf Deck eins zu fahren, damit die beiden ihr weiteres Gespräch nicht unterbrechen mussten.
Einige Sekunden später hielt der Turbolift auf Deck eins, hinter der Hauptbrücke. Sie betraten die Aussichts-Lounge schließlich, durch einen der hinteren Zugänge und die anderen Offiziere warteten schon auf sie, genauso wie es von Harlay schon vermutet wurde. Ranar stellte Captain Harlay seine Brückencrew, der Reihe nach vor, bevor sie sich ebenfalls setzten.

>>Wir haben zwei tholianische Kreuzer im Sektor 1576 beobachtet, wie sie dort ein Interphasennetz gesponnen haben. Captain Karpuz vermutete, dass sie auf diese weise nach dem Scoutschiff suchten, welches von der Amazonas vor einigen Monaten nach Sternenbasis 219 gebracht wurde. Nachdem die Tholianer, das Netz aufgelöst haben und den Sektor verliesen, ist Captain Karpuz den tholianischen Kreuzen in den Sektor 1594 gefolgt. Aber er hat vorher noch die Interphasen-Tarnvorrichtung aktiviert, damit sich die Amazonas eventuell in einem Asterioiden oder einem kleinen Mond verbergen könnten. Als wir sie verliesen, waren die alten Verträge, noch nicht als unbedenklich eingestuft worden, hauptsächlich wegen den Organiern,<< fing Captain Harlay ihren Bericht, für die Crew der Draconis an.
>>Er hat mich, zusammen mit der Potsdam zurückgeschickt, weil die Potsdam noch nicht mit Interphasen-Generatoren ausgestattet worden ist.<<
>>Warum wurde eigentlich nicht gleich die Draconis, als Begleitschiff hinzugezogen,<< fragte Lieutenant Commander Irendor nach.
>>Die Draconis befand sich zu diesem Zeitpunkt noch in der Werft Beta Portulan und hatte noch keinerlei Testflüge gemacht. Bei anderen Schiffen der Amazonas-Klasse, wurden noch Systeme installiert und andere Arbeiten

durchgeführt. So wurde es mir zu beginn, dieser Mission mitgeteilt. Und die wahrscheinlich besser geeignete Republic-Klasse befindet sich komplett in den Depo's und Werften, da sie mit Interphasen-Tarnvorrichtungen aufgerüstet werden und noch einiges andere erhalten sollen,<< gab sie ihm zur Antwort.
>>Wie ist der Stand, wegen der Verträge,<< fragte Commander Asleif sie.
>>Darüber habe ich leider keine Informationen mehr. Aber vielleicht hat sich das Flottenkommando, schon mit Captain Karpuz in Verbindung gesetzt,<< teilte sie dem ersten Offizier, der Draconis mit.
>>Captain Harlay, wäre dies dann alles, von ihrer Seite her an Informationen,<< fragte zum Schluß Captain Ranar sie noch.
>>Ja, mehr Informationen Besitze ich nicht. Außer, dass die Tholianer uns immer noch unbekannte Torpedos verwenden,<< schloss Captain Harlay ihre Ausführungen.
Daraufhin beendete Captain Ranar die Besprechung und alle verliesen die Aussichts-Lounge. Captain Harlay wurde von Lieutenant Commander Fredor zurück in Transporterraum drei begleitet, um sie zurück an Bord der Potsdam zu beamen.
Kurz nachdem Captain Harlay die Draconis verlassen hatte, beschleunigte diese auf Warp und flog zur Amazonas im Sektor 1594.

Nachdem Captain Harlay von der Transporter-Plattform, auf der Potsdam gestiegen war, erteilte sie gleich über Interkom den Befehl, den Kurs nach Deep Space Nine wieder aufzunehmen. Aber sie begab sich nicht, vom Transporterraum aus auf die Brücke. Sonder sie begab sich in ihr Quartier, auf Deck sechs. Sie wollte sich dort etwas Schlaf gönnen und sich dann anschließend, auf dem Holodeck, wie eine normale Frau benehmen und fühlen.

Im Sektor 1594, die Amazonas hatte sich in einem Klasse G Planetoiden verborgen, um nicht doch noch von den Tholianern entdeckt zu werden. Da erhielten sie eine

weitere Nachricht vom Flottenkommando, auf Sternenbasis 219.
>>Captain Karpuz, wir erhalten gerade die Auswertung, der alten Verträge,<< teilte Commander Zichner ihm mit.
>>Ich komme auf die Brücke,<< war über das Interkom von Captain Karpuz zu hören, da er sich auf dem Holodeck aufhielt, wo er ein Programm mit seiner Familie laufen lies. Etwa drei Minuten später traf der Captain auf der Brücke ein, um selbst zu sehen, was das Flottenkommando ihnen mitzuteilen hatte. Karpuz trug noch seine Freizeit-Kleidung, als er sich in den Stuhl des Captains setzte und Lieutenant Monroe anwies, die Nachricht auf den Schirm zu legen.
>>Wir haben mit den Organiern Kontakt aufnehmen können. Sie haben uns mitgeteilt, dass dieser Bereich des Stellarenraumes nicht unter den alten Vertrag fällt,<< sagte Admiral Slone, der bereits vorher schon von Commander Zichner darüber informiert wurde, das man den Vertrag von Khitomer, der sich in der Schiffsbibilothek befunden hatte, selbst überprüft habe.
>>Somit können sie nun, nach den Gesetzen der Föderation handeln. Aber die Organier haben davor gewarnt, kein unnötigen Angriff zu provozieren.<<
>>Über diese Antwort bin ich sehr glücklich, Admiral. Nun können wir uns, dem tholianischen Stützpunkt ein wenig weiter nähern, um herauszufinden wieviele Schiffe sich dort befinden. Aber wir werden noch darauf warten, bis die Draconis hier eintrifft,<< entgegnete Captain Karpuz ihm, bevor Admiral Slone die Verbindung wieder unterbrach und nur noch das Symbol des Flotten-kommandos auf dem Schirm war.
>>Sir, ich erfasse mit den Sensoren ein getarntes Schiff. Es ist eines der unseren. Es scheint sich dabei, um die Draconis zu handeln,<< meldete Lieutenant Commander McConnels, von der Taktischenstation.
>>Lieutenant Drexler, fliegen sie uns aus diesem Planetoiden heraus,<< sagte Captain Karpuz, nachdem er aufgestanden war, um in seinen Bereitschaftsraum zu gehen, da er sich dort eine frische Uniform anziehen wollte.

>>Lieutenant Monroe, stellen sie eine Verbindung zur Draconis her,<< erteilte Commander Zichner inzwischen die Anweisungen, bis der Captain wieder auf der Brücke war.
>>Captain Ranar ruft uns bereits. Sowie wir hier heraus sind, können wir wieder Störungsfrei übertragen,<< meldete Lieutenant Monroe.
Zwei Minuten später, war die Amazonas, aus dem Planetoiden heraus und auf dem Hauptschirm erschien das Bild von Captain Tylian Ranar. Captain Karpuz war zwischenzeitlich auch wieder auf die Brücke zurückgekehrt, mit einer neuen Uniform.
>>Captain Ranar, ich hoffe sie haben alle Informationen, die für sie wichtig sind, von Captain Harlay erhalten,<< fragte Captain Karpuz ihn.
>>Ja, hab ich, aber was ist mit den Verträgen von Organia. Darüber hatte Captain Harlay, noch keine Informationen für uns,<< entgegnete Ranar.
>>Die Verträge sind hier auch nicht gültig, laut den Organiern. Sie werden sich auch nicht einmischen, solange wir kein unnötigen Angriff provozieren,<< antwortete er ihm, auf dessen Frage.
Dann wollte er Ranar darüber informieren, wie er gedachte weiter vorzugehen.
>>Wir werden uns nun, dem Stützpunkt der Tholianer nähern und sie werden uns Rückendeckung geben. Falls es sich dort, um mehr als zwei Kreuzer handeln sollte.<<
>>Wir werden ihnen folgen,<< antwortete Ranar und konnte nun verstehen, wieso Captain Harlay so von Captain Karpuz gesprochen hatte.
Die Verbindung wurde von Commander Asleif unterbrochen, nachdem er vom Captain ein kleines Zeichen erhalten hatte. Beide Schiffe aktivierten ihren Multivektor-Angriffsmodus und näherten sich dem tholianischen Stützpunkt, um ihn mit den Sensoren gründlich zu scannen.

Logbuch, des Captains: Sternzeit 51125,9 Wir folgen der Amazonas seit einigen Stunden, mit halber Impulskraft und aktivierter Tarnung und im Multivektor-Angriffsmodus. Wie nähern uns dem Sonnensystem, wo die Tholianer ihren Stützpunkt errichtet haben. In den Sternenkarten ist dieses System, als Taeot-System gekennzeichnet. Es besteht aus zwölf Planeten. Jeder dieser Planeten hat zwischen drei und acht Monde. Auf vier von den Planeten wäre Leben möglich, genauso wie auf den Monden dieser vier Planeten.

Nach unserer Kenntnis ist die Rasse, die dort einmal gelebt hatte, schon vor Rund sieben Tausend Jahren ausgestorben.

Die Archäologische-Abteilung der Sternenflotte, hatte im letzten Jahrhundert mehrere Expeditionen ins Taeot-System geschickt, um dort hinter die Geheimnisse der Taeot-ianer zu kommen, die sie zurückgelassen haben.

Vielleicht können wir wenigstens herausfinden, warum von den Tholianer dieser Stützpunkt errichtet wurde. Und warum sie in den letzten Monaten wieder angefangen haben, Föderationsschiffe und Außenposten anzugrcifen.

Der Angriff auf die Amazonas, war nicht der einzige dieser Art. Man hat uns mitgeteilt, dass noch mehrere andere Schiffe angegriffen wurden, die in der Nähe dieses System oder des tholianischen Reiches waren.

Ende des Logbuchseintrages, Captain Tylian Ranar, kommandierender Offizier, der U.S.S. Draconis NCC-91475.<<

Wie beide Schiffe im Taeot-System eintraffen, konnten sie mit den Sensoren beider Schiffe, mehr als hundert Schiffe entdecken. Die sich dort in einer Werft befanden, die von den Tholianern errichtet wurde. Die Werft, genauso wie der komplette Außenposten, schienen aus Komponenten zu stammen, die sie bei ihren Angriffen erbeutet hatten.

Der Außenposten selbst war in seinem Aufbau, den romulanischen Außenposten sehr ähnlich, ebenso die daneben

befindliche Werft. Neben den mehr als hundert Schiffen in der Werft, kreuzten auch noch einige im System. Aber es war nicht zu erkennen, was für Neuerungen diese Schiffe hatten. Im Gegensatz zu dem Scout, der sich auf Sternenbasis 219 befindet. Auch die genaue Anzahl, der Schiffe war schwer zu ermitteln, da einige immer wieder aus dem Normalraum verschwanden.
>>Commander Asleif, stellen sie mir eine Kom-Verbindung zu der Amazonas her,<< sagte Captain Ranar, wie er sah, was sie alle auf dem Schirm sehen konnten.
>>Die Verbindung, zur Amazonas steht,<< bestätigte Commander Asleif.
>>Ranar an Karpuz, dies hier sieht nicht so aus, als ob dies hier nur ein Außenposten der Tholianer wär! Eher wie die Vorbereitung einer Invasion, gegen die Föderation,<< sprach Ranar, in dessen Stimme man hören konnte, wie ihn diese Vorstellung entsetzte.
>>Ich schließe mich ihnen an, Captain Ranar,<< sagte Captain Karpuz, der ganz ruhig, fast uninteressiert klang.
>>Ich werde das Flottenkommando darüber informieren müssen.<<
>>Lieutenant Monroe, senden sie eine codierte Nachricht, über die momentane Situation hier, an Flottenadmiral Kromm,<< warf Commander Zichner ein.
>>Ja, Commander! Ich sende die Daten ans Flottenkommando,<< bestätigte Lieutenant Monroe ihm.
>>Captain, wir mögen zwar mit zwei, der modernsten Schiffe, die die Flotte zur Zeit hat, hier sein. Aber wenn sich die Tholianer dazu entschließen sollten, die Föderation anzugreifen, werden wir es wohl kaum verhindern können. Oder?,<< stellte Lieutenant Drexler fest.
>>Lieutenant, dies ist uns durchaus bewußt. Aber vielleicht schickt uns das Flottenkommando, weitere Schiffe zur Unterstützung. Falls man dies, zum jetzigen Zeitpunkt für nötig hält,<< antwortete Commander Zichner ihm, anstatt der Captain.
>>Captain Karpuz, was halten sie davon. Wir uns ziehen uns erstmal aus dem System zurück und überlassen den Diplomaten diese Sache,<< schlug Ranar ihm nun vor.

>>Captain, ich stimme ihnen im Prinzip zu. Aber sie wissen selbst, wie lang es dauert, bis die Diplomaten irgendetwas erreichen. Aber wenn das Flottenkommando genauso entscheidet, wie Sie, werden wir nach Sternenbasis 219 zurückkehren. Solange bleiben wir hier,<< entgegnete Karpuz darauf hin.
>>Sir, wir erhalten schon eine Nachricht vom Flottenkommando, es ist aber nur ein Datenstrom! Ich transferiere ihn sofort, auf ihre Station,<< meldete sich Lieutenant Monroe.
>>Senden Sie die Daten, auch an Captain Ranar,<< sagte der Captain zu ihr.
>>Das ist schon geschehen,<< antwortete sie.
>>Das Flottenkommando will, dass wir uns aus dem Taeot-System voläufig zurück ziehen, wie es von Captain Ranar vorgeschlagen wurde. Commander Zichner, bereiten Sie alles für den Rückflug vor. Ich begebe mich in mein Quartier,<< sagte Karpuz und verließ die Brücke.
Aber er begab sich nicht direkt in sein Quartier, sondern er ging vorher nochmal in der Krankenstation vorbei. Seit einiger Zeit hatte er probleme mit dem einschlafen.

Nachdem Captain Karpuz die Brücke verlassen hatte, gab Commander Zichner die entsprechenden Anweisungen, für die Rückkehr nach Sternenbasis 219.
Beide Schiffe verließen das Taeot-System mit voller Impulskraft, bevor sie in einiger Entfernung auf Warp beschleunigten und ihre Tarnvorrichtungen deaktivierten.

8. Kapitel

Im Büro des Ober-Befehlshaber der Sternenflotte, bei Admiral Thilo, dem Stellvertreter von Flottenadmiral Kromm und Vertreter der Föderation, auf Sternenbasis 219.

>>Wir haben Sie, aus dem Taeot-System zurück beordert, weil der Geheimdienst der Sternenflotte, über neue Erkenntnisse verfügt. Danach wäre es Unklug, sich in die derzeitigen Verhältnisse, im tholianischen Reich einzumischen. Aber wir werden die Vorkomnisse weiter beobachten,<< sagte Admiral Thilo zu beiden Captains, die sich seit wenigen Stunden wieder auf Sternenbasis 219 befanden.

>>Und was ist mit den Angriffen, auf unsere Schiffe und Außenposten! Sowie der Amazonas! Ganz zu schweigen von diesem Truppen-Aufmarsch im Taeot-System,<< entgegnete Captain Karpuz.

Der dieses Gespräch lieber, mit Admiral Kromm führen würde, aber der führte Inspektionen, an einigen Schiffen in der Raum-Werft durch.

>>Der Föderationsrat hat in einer Sondersitzung entschieden, diese Angelegenheit den Diplomaten und Botschaftern zu überlassen. Schließlich hat das tholianische Reich, mit einer Art Bürgerkrieg zu kämpfen. Sie wissen beide, dass wir uns da nicht einmischen dürfen, laut der ersten Direktive. Schließlich gehören die Tholianer auch nicht der Föderation an,<< entgegnete Admiral Thilo, um somit die Äußerungen von Captain Karpuz zu widerlegen.

Auf diesem Nievau, wurde die Unterhaltung noch eine ganze weile weiter geführt.

Währenddessen in Sektion 31 und nicht in der Werft, bei irgendeiner Inspektion. So wie man es Admiral Thilo mitgeteilt hatte, als er das Gespräch mit den Captain's Karpuz und Ranar führen sollte.

>>Sie werden sich weiterhin, mit den beiden tholianischen Gefangenen befassen. Ich muss alles über diesen Truppen-Aufmarsch im Taeot-System wissen, damit wir entsprech-

end handeln können,<< sagte Kromm zu einem seiner Leute, von Sektion 31.

>>Natürlich Admiral, wir werden schon alle erforderlichen Informationen aus ihnen heraus holen,<< entgegnete der Agent ihm.

>>Hauptsache das Oberkommando und der Föderationsrat, ist von dem Bericht überzeugt, dass bei den Tholianern ein Bürgerkrieg ausgebrochen sei,<< sagte Admiral Kromm abschließend zu dem Agenten, bevor er diesen Bereich der Station wieder verließ.

Einige Tage später, im Büro des Flottenadmirals Kromm.

>>Nachdem ich veranlaßt habe, dass unsere Außenposten und Kolonien, besser verteidigt werden. Habe ich mich dazu entschlossen, selbst an Bord der Amazonas zu gehen und das Kommando, für die folgende Mission selbst zu übernehmen. Captain Ranar, Sie werden mit der Draconis, zur Heimatwelt der Tholianer aufbrechen und dort entsprechende Nachforschungen anstellen. Ihnen wird in einigen Tagen ein Schiff der Spirit-Klasse folgen, um sicher zustellen, dass sie von den Tholianern nicht aus einem Hinterhalt heraus angegriffen werden, wenn sie zurückkehren,<< sagte Admiral Kromm zu ihm.

>>Natürlich Sir, ich werde mich sofort auf den Weg machen. Wird mich das Schiff der Spirit-Klasse unterstützen,<< fragte Captain Ranar nach.

>>Nein, sie werden alleine in das tholianische Reich einfliegen, um ihre Mission zu erfüllen. Das Schiff, wie noch einige andere, werden verstärkt an den Grenzen, des tholianischen Reiches patrouillieren, um zu verhindern dass noch andere Schiffe in dieses Gebiet fliegen oder herauskommen,<< antwortete er ihm, bevor er Captain Ranar entließ.

>>Ich verstehe Sir,<< entgegnete Captain Ranar und verließ das Büro des Admirals.

Nachdem Captain Ranar gegangen war, setzte sich der Admiral mit Sternenbasis 974 in Verbindung.

>>Admiral Kromm an Flottenwerft Beta-Portulan,<< eröffnete Kromm sein Gespräch, mit dem diensthabenden Offizier der Station, da es doch schon nach zweiundzwanzig Uhr war.

>>Hier spricht Konteradmiral Conrad. Sir, was kann ich für Sie tun,<< fragte der Konteradmiral ihn.

>>Admiral, lassen Sie die U.S.S. Gr'oth NCC-45233 und die U.S.S. Constitution NCC-17001 zum Auslaufen bereit machen. Wir werden beide Schiffe, für eine Mission brauchen. Die Captain's Akanta Q'rel und Storm, werden die Kommandos über die Schiffe übernehmen. Es werden auch einige Schiffe, der Republic-Klasse benötigt werden. Schließen Sie an sovielen wie möglich, ihre Aufrüstarbeiten ab,<< erteilte Admiral Kromm, dem Konteradmiral seinen Befehl.

>>Ich werde sofort alles in die Wege leiten, Sir. Konteradmiral Conrad Ende.<<

Das Bild des Konteradmirals verschwand von Wandschirm und wurde durch das Symbol der Sternenflotte ersetzt. Der Flottenadmiral deaktivierte den Wandschirm und es wurde darauf ein Landschaftsbild sichtbar. Mit einem Häuschen im Vordergrund und einer Gruppe von Personen. Dabei handelte es sich, um den Landsitz des Admiral auf der Erde und seine engsten Familienangehörige.

Am nächsten Morgen. Admiral Kromm hatte sich mit einem seiner Führungsoffiziere von Sternenbasis 219 getroffen. Mit Admiral Ventok besprach er, was während seiner Abwesenheit, hier auf der Station zu erledigen sei.

>>Admiral Ventok, Sie werden während meiner Abwesenheit, das Kommando über Sternenbasis 219 komisarisch übernehmen,<< sagte Kromm zu ihm, auf dem Weg zum Dock, wo die Amazonas lag.

>>Sir, wäre es nicht besser, wenn ich mich an Bord der Amazonas begeben würde? Und Admiral Thilo oder Slone das Kommando, über die Station übernehmen würden? Wobei Admiral Thilo, der Dienstältere und Erfahrenere von uns dreien wäre,<< entgegnete Admiral Ventok, nachdem

sich die Lifttüren hinter ihnen Geschlossen hatten und der Lift sich zu den Dockanlagen in Bewegung gesetzt hatte.
>>Nein, dies ist eine Mission des Geheimdienstes, mit höchster Priorität. Und sie gehören dem Geheimdienst nicht an. Außerdem sind Sie in erster Line, der Föderation verpflichtet und ich zuerst der Flotte. Es wäre Unklug, Sie in eine solche Situation zu bringen, wo sie durch die Föderation eventuell aus der Sternenflotte ausgeschlossen werden könnten. Dies möchte ich nicht, wer sagt denn dass ich wieder einen Vulkanier, für diesen Posten bekomme. Admiral Thilo traue ich diesbezüglich außerdem nicht so recht. Und Admiral Slone, wird in einer anderen Sache die Station ebenfalls verlassen,<< antwortete Admiral Kromm ihm.
Kurz darauf hielt der Turbolift wieder und die beiden stiegen aus, wobei sie Ihr Gespräch fortführten.
>>In welcher Angelegenheit, wird Admiral Slone die Station verlassen,<< fragte der Vulkanier nach, damit er auf mögliche Eventuallitäten reagieren konnte.
Durch die Panoramafenster des Ganges, der zur Verbindungsröhre führte, wo die Amazonas lag, konnte man viele andere Schiffe im Dock erkennen. Ungefähr ein drittel der Schiffe waren große Transporter, die Waren auf die Station brachten.
>>Darüber lassen Sie sich von Admiral Slone direkt informieren. Er heist es auch gut, ihnen die Gesamtleitung zu übertragen, während wir Abwesend sind,<< gab der Flottenadmiral zur Antwort und wandte sich dann dem Verbindungsarm zur Amazonas zu.
>>Natürlich Sir, ich werde mich ihrem Befehl beugen,<< entgegnete Admiral Ventok daraufhin und verließ Kromm dann.
Dieser begab sich nun an Bord der Amazonas, über den Verbindungsarm, der mit dem Schiff und der Station zur Zeit verbunden war.

An Bord der Amazonas, begab sich der Admiral zu Captain Karpuz, um ihn von seinem Vorhaben in Kenntnis zu setzen. Admiral Kromm fuhr mit Turbolift zwei, auf die

Brücke. Wie er sie betrat, wurde er als erstes von Commander Zichner entdeckt.
>>Admiral Kromm, willkommen an Bord. Wir wußten nicht, dass Sie an Bord kommen wollten, sonst hätte sie jemand hierher begleitet,<< sagte der Commander zu ihm.
>>Captain, ich werde in paar Minuten, eine Ansprache an die Crew halten,<< sagte der Admiral, ohne auf Commander Zichner zu achten, um sich kurz darauf in den Bereitschaftsraum des Captains zu begeben.

Kurz darauf folgte ihm der Captain, in den Bereitschaftsraum.
>>Was soll das heißen, Sie halten eine Ansprache, an die Crew,<< wollte Karpuz wissen, der ziemlich verärgert klang.
>>Ich übernehme für die nächste Mission selbst das Kommando, über die Amazonas. Sie werden an Bord bleiben, als mein erster Offizier,<< antwortete der Admiral ihm.
>>Das können Sie doch nicht machen! Sie waren doch schon seit Jahren, nicht mehr an Bord eines Schiffes als Kommandant,<< entgegnete Karpuz, dem das Blut ins Gesicht schoss.
>>Captain, ob ich in den letzten Jahren ein Schiff, kommandiert habe oder nicht, spielt hier keine Rolle. Aber Sie bleiben ja an Bord, fürs erste,<< erwiderte Kromm ihm und blieb völlig Ruhig bei seinen Worten, im Gegensatz zu Karpuz.
Nach diesen Worten des Admirals, verließ Karpuz den Bereitschaftsraum wieder und begab sich auf Holodeck vier, um sich dort abzureagieren, da er sonst wahrscheinlich den Flottenadmiral geschlagen hätte.

Einige Minuten später verließ auch Admiral Kromm den Bereitschaftsraum wieder, nachdem er einige Daten im Schiffs-Computer abgefragt hatte.
>>Lieutenant Monroe, schalten Sie das Interkom auf Schiffsinterneübertragung, damit jeder an Bord über die neue Situation informiert wird,<< kam der Befehl vom Admiral, der sich neben die taktische Konsole stellte.

>>Ja Sir, wurde ausgeführt und erwarte weitere Befehle,<< bestätigte Lieutenant Monroe, die die Art des Flottenadmirals nicht gewöhnt war.
>>Hier spricht Flottenadmiral Kromm, ich werde von jetzt an, Sternzeit 51127,55, das Kommando über die U.S.S. Amazonas übernehmen. Wir werden mit dem Schiff und einer kleinen Flotte, in das Taeot-System zurück fliegen, um einen eventuellen Angriff der Tholianer auf die Föderation zu verhindern.<<
Mehr lies der Admiral, die Besatzung der Amazonas nicht über seine Pläne wissen und somit endet die Ansprache. Kromm lies den Kanal wieder von Monroe schliessen. Danach verließ er noch einmal die Brücke und auch die Amazonas, um persönlich einen neuen Shuttle an Bord zu holen.

Als der Admiral die Brücke wieder betrat, saß Captain Karpuz auf dem rechten und Commander Zichner auf dem linken Platz, neben dem Stuhl des Captains und fuhren die Systeme dieser Stationen hoch.
>>Lieutenant Drexler, fahren Sie die Systeme ihrer Station ebenfalls hoch,<< kam der Befehl von Karpuz, der sich wohl wieder beruhigt hatte.
>>Lieutenant Drexler, lösen Sie die Verankerungen und fliegen uns mit 1/3 Impuls, aus dem Dock. Anschließend setzen sie einen Kurs nach Sektor 1594, mit Warp sieben. Lieutenant Monroe, lassen Sie die Dockkontolle wissen, dass wir Auslaufen,<< führte Admiral Kromm, den Befehl des Captains zusende.

Die Amazonas setzte von ihrer Position innerhalb des Raumdockes zurück und schwenkte in Flugrichtung, zu einem der Außenschotts ein und flog durch das Dock. Vorbei an den Werften, wo zur Zeit noch an anderen Schiffen der Amazonas-Klasse gebaut wurde, bis sie das Dock durch Außenschott acht verließ und auf Warp beschleunigte. Während ihres Flugs nach Sektor 1594, trafen auch die anderen Schiffe bei ihnen ein, die somit die 21. Flotte bilden würden.

Am Abend im Quartier von Flottenadmiral Kromm, der gerade die Bewertungsberichte der Crew durchging, besonders die der weiteren Neuzugänge. Er hatte sich einen Pu-Erh-Tee replizieren müssen, da sein Quartier auf der Amazonas noch keine eigene Küche hatte, wo er sich den Tee hätte selbst zubereiten können. Da ertönte der Tür-Summer und er unterbrach seine Arbeit für einen Moment, um die Person hereinzubitten, die vor der Tür stand.

Captain Karpuz betrat das Quartier des Admirals, mit einer Flasche Breshtanti-Ales. Er wusste, dass der Admiral dieses klingonische Ale sehr gerne trank, da dieses bei den Klingonen, nur den höchsten Generälen und Admirälen vorbe-halten war.

>>Marco, du hast mich ganz schön damit überrascht, als du selbst das Kommando über die Amazonas übernommen hast. Ich dachte du vertraust mir,<< sagte Karpuz zu ihm und zeigte ihm dabei die Flasche Breshtanti-Ale.

>>Ich habe dir diese Flasche Breshtanti-Ale mitgebracht, da ich doch weiß wie gerne du ihn dringst. Ich habe mittlerweile immer eins zwei Flaschen von dem Zeug, wenn du in der Nähe sein solltest.<<

>>Ferdi, mach es dir doch schon einmal bequem. Ich hab hier vorher, noch etwas zu erledigen,<< unterbrach ihn der Admiral.

Karpuz begab sich zu der Couch, die sich in der Mitte des Raumes befand und stellte die Flasche, zusammen mit zwei Gläsern auf dem Couchtisch ab, bevor er es sich bequem machte. Es nahm noch eine ganze weile Zeit in Anspruch, bis Kromm mit den Berichten fertig war und sich zu Karpuz auf die Couch setzen konnte.

>>Wir haben doch schon gemeinsam soviel erlebt,<< sagte Kromm zu ihm und öffnete die Flasche Breshtanti-Ale, um jedem ein Glas einzugiesen.

>>Du darfst es nicht so ernst nehmen. Ich habe das Kommando, als Ober-Befehlshaber des Geheimdienstes, übernommen und nicht um dir zu schaden. Aber diese Mission hat oberste Priorität. Man erwartet von mir, dass ich mich selbst darum kümmere. Und du weißt ganz genau, dass ich

als Flottenadmiral jederzeit das Kommando über ein Schiff, meiner Wahl übernehmen kann.<<

>>Aber warum jetzt! Und warum ausgerechnet die Amazonas? Sie ist schließlich mein erstes eigenes Kommando, nach der Beförderung zum Captain und ich nicht mehr im Büro für modernes Raumschiffdesigne bin,<< entgegnete Ferdi ihm darauf.

>>Sieh mal, die Situation mit den Tholianer ist sehr brisant. Und ich als Admiral und ausgebildeter Diplomat bin nun mal besser, für diplomatische Arbeit mit den Tholianern gerüstet. Obwohl ich nicht damit sagen will, das du ein diplomatischer Trampel bist. Aber die Diplomatie hat dir eigentlich nie gelegen, dafür bist du einfach zu stur,<< antwortete Marco ihm.

>>Ja, du hast natürlich recht, ich bin kein Diplomat. Aber du doch auch nicht, oder,<< sagte Ferdi und nahm einen großen Schluck von dem Ale.

>>Du hast meine Zeit beim Diplomatischen-Chor vergessen und die Talos-Mission, an Bord der Heisenberg. Aber laß uns nicht mehr von der Arbeit sprechen, sondern was macht deine Beziehung zu René eigentlich,<< sagte Marco, um das Thema zu wechseln.

>>René und ich, haben uns vor einem Jahr getrennt. Wie fest stand, dass ich das Kommando über ein Schiff erhalte und wieder durch die Galaxie fliegen werde. Davon war sie nicht begeistert. Sie wollte lieber auf der Jupiter-Station bleiben,<< antwortete Ferdi ihm.

>>In meiner Position, wird es mir auch nicht gerade leicht gemacht eine Beziehung einzugehen und zu führen,<< entgegnete Marco.

>>Aber du kannst wenigstens von dir sagen, dass du einen Sohn hast, der auf der Erde bei deiner Schwester lebt. Nicht so wie ich. René war schon die Richtige, um sie zu heiraten und mit ihr Kinder zu haben,<< sagte Ferdi und wurde reumütig.

>>Warum hast du sie auch nicht gefragt, ob sie dich heiraten will,<< sagte Marco zu ihm, wie er ihn so da sitzen sah.

Da man ihm nun ansah, dass er sie nicht gefragt hatte. Ferdi antwortete auf die Äußerung, seines langjährigen Freundes nicht mal und wechselte erneut das Thema. Sie redeten noch eine ganze weile darüber, was seit ihrem letzten persönlichen Treffen so alles geschehen war und leerten dabei die Flasche Breshtanti-Ale, bis Ferdi meint, er müsse nun gehen.

Nachdem Karpuz das Quartier des Admirals verlassen hatte und sich auf dem Weg in sein eigenes Quartier begab, kam ihm Commander Vanesa Citters entgegen. Er war ihr zwar vorher noch nicht begegnet, aber er hatte ihre Akte, bei den Neuzugängen gesehen. Sie war eine junge gut aussehende Frau, mit einem athletischen Körperbau und diesen nutzte sie auch genauso aus, um sich einen besseren Posten zu verschaffen. Momentan arbeitete sie in der Deflektorkontrolle, wohin sie von Admiral Kromm versetzt wurde.
>>Captain Karpuz, könnte ich sie vielleicht einmal sprechen,<< fragte sie und sah ihn dabei, mit ihren großen braunen Augen an.
Und Karpuz konnte einer gutaussehenden Frau nichts abschlagen, besonders wenn er von diesem Breshtanti-Ale getrunken hatte. Sie betraten beide das Quartier des Captains, wobei sie sich an ihn schmiegte, um nicht von seiner Seite zu weichen. Im Quartier des Captains, legte sie gleich ihre Jacke ab. Da sie momentan keinen Dienst hatte und deshalb Zivilkleidung trug, ebenfalls wie der Captain. Unter ihrer Jacke trug sie nur ein seidenes Top, was fast völlig durchsichtig war und einen doch ziemlich kurzen Rock. Sie löste sich von Karpuz und setzte sich auf die Couch.
>>Wollen Sie einer Dame, nichts zu trinken anbieten,<< fragte sie ihn, mit einer herausforderten Stimme, die nur verheißen konnte, dass sie noch mehr von ihm wollte, außer einem Trink.
Karpuz nahm zwei Gläser, aus einem Schrank und eine Flasche Rotwein und begab sich zu ihr auf die Couch, wo sie es sich schon ziemlich bequem gemacht hatte. Während er die Flasche öffnete, berührte er sie, mit seinem Bein und sie legte ihre Hand darauf, um es zu streicheln. Als er ihr

eines der Gläser reichen wollte, lehnte sie es ab und fuhr mit ihrer linken Hand unter sein Hemd.
>>Captain, können sie mich nicht aus der Deflektorkontrolle versetzen, vielleicht in die Sternenkartographie,<< sprach sie ihm ins Ohr und knapperte dabei an seinem Ohrläppchen hin und wieder, während sie mit ihrer anderen Hand, ihr blondes hochgestecktes Haar öffnete.
>>Ich will sehen was sich tun lässt,<< hauchte er ihr entgegen und fuhr mit seinen Fingern, ihr durch das Haar.
Um ihrer bitte noch etwas mehr Druck zu verleihen, setzte sie sich über ihn und begann ihn zu küssen. Was er natürlich leidenschaftlich erwiderte und sie schließlich in sein Schlafzimmer geleitete.

Am nächsten Morgen, auf der Brücke der Amazonas. Wie Captain Karpuz sie betrat, befand sich Admiral Kromm bereits dort. Ihm war gar nichts anzusehen, nachdem sie die Flasche Breshtanti-Ale, am Vorabend gemeinsam geleert hatten. Jedenfalls er verspürte, einen leichten Kopf-Schmerz von dem Ale.
>>Sir, könnte ich Sie vielleicht einmal, im Bereitschaftsraum sprechen,<< fragte er ihn gleich, nachdem er aus dem Turbolift getreten war.
>>Natürlich Captain. Commander Zichner, Sie haben die Brücke,<< sagte Admiral Kromm und begab sich zusammen mit Captain Karpuz in den Bereitschaftsraum.

Karpuz setzte sich auf einen der Sessel im Bereitschaftsraum und der Admiral setzte sich ihm gegenüber, in einen der beiden Sessel die vor dem Schreibtisch standen.
>>Was kann ich für dich tun, Ferdi,<< fragte der Admiral ihn gleich, in freundschaftlichem Ton.
Da auch er, nach dem gestrigen Abend, noch einmal über sein eigenes Verhalten, gegenüber Karpuz nachgedacht hatte. Er war wirklich, in vielen ihrer Vieraugengespräche, sehr Distanziert zu ihm gewesen, dabei war Karpuz sogar der Patenonkel seines Sohnes. Bei einigen Gesprächen war dies auch nötig, da er viele seiner Gespräche aufzeichnet.

>>Es geht um Commander Citters. Sie hat mich gestern Abend noch aufgesucht, nachdem ich von dir gekommen bin. Sie will aus der Deflektorkontrolle versetzt werden,<< fing er an, ihm zu antworten.

>>Du kannst jeden anderen deiner Offizier an Bord, auf andere Posten versetzen. Auf jeden Posten den du willst, aber Commander Citters bleibt in der Deflektorkontrolle. Sie glaubt wohl, sie könnte etwas erreichen, wenn sie sich an dich wendet. Commander Zichner hatte mir mitgeteilt, dass sie auch schon bei ihm war, um darum zu bitten aus der Deflektorkontrolle versetzt zu werden. Er hatte es gleich abgelehnt, da ich sie persönlich dorthin versetzt habe,<< entgegnete Marco und war nun über das Anliegen von Karpuz etwas verärgert, da er ihr Gesuch nicht ebenfalls abgelehnt hatte.

>>Aber weshalb? Laut ihrer Akte ist sie eine hervorragende Astronomin,<< entgegnete Ferdi darauf hin, der sehr wohl heraushören konnte, dass sein Vorgesetzter und Freund leicht verärgert war.

Andererseits war es als Captain sein gutes Recht zu erfahren, weshalb ausgerechnet diese Offizieren anders zu behandeln war.

>>Es hat einige unangenehme Vorkommnisse gegeben, auf ihren letzten Posten. Die man nicht in der Offiziellen-Akte vermerkt hatte,<< erhielt Ferdi zur Antwort und Marco wurde bei diesem Thema immer gereitzter.

>>Darf ich wenigstens Erfahren, was das für Vorkommnisse waren,<< hakte Ferdi nach.

>>Nein. Dafür ist deine Sicherheitsbeschrenkung nicht hoch genug,<< sagte Marco nun zu ihm, um dieses Gespräch zu beenden.

Da meldete sich Commander Zichner, über das Interkom.

>>Sir, Captain Q'rel möchte sie sprechen.<<

>>Ich komme sofort auf die Brücke,<< sagte der Admiral und stand auf, um den Bereitschaftsraum wieder zu verlassen.

>>Ferdi, ist sonst noch irgend etwas, worüber du mit mir sprechen wolltest?<<

>>Nein, das wäre alles Admiral,<< antwortete Ferdi ihm, der es nicht fassen konnte, wie er heute von seinem sogenannten Freund dann doch wieder behandelt wurde.

Beide verließen den Bereitschaftsraum und betraten wieder die Brücke, um sich auf ihre Plätze zu begeben. Da bereits Captain Akanta Q'rel, auf dem Schichschirm zu sehen war. Er war halb Klingone und halb Romulaner, denn er stammte von einem Planeten, wo einst die Klingonen und Romulaner, eine gemeinsame Überrasse erschaffen wollten.
>>Captain Q'rel, ich freue mich Sie hier zu sehen, was ist mit Captain Storm,<< begann der Admiral das Gespräch.
>>Captain Storm's Schiff hatte noch einige Schwierigkeiten, mit den Impuls-Triebwerken, als wir die Werft verlassen wollten. Ich schätze er wird, in ein paar Stunden zu der Flotte dazu stoßen,<< antwortete Captain Q'rel, dem Flottenadmiral.
>>Was ist mit ihrem Schiff, Captain Q'rel,<< fragte Captain Karpuz ihn, da es ihn wirklich interessierte.
>>Mit unserem Schiff ist alles in bester Ordnung. Wenn wir nur unsere Schilde hätten noch besser Testen können, nachdem man die letzten Veränderungen daran vorgenommen hatte,<< antwortete Q'rel Captain Karpuz wahrheitsgemäß.
>>Captain Q'rel, wurden Sie und Captain Storm eingehend über diese Mission in Kenntnis gesetzt,<< fragte der Admiral ihn weiter.
>>Ja, wir wurden von Admiral Slone, auf Sternenbasis 974, mit allen relevanten Daten vertraut gemacht,<< ant-wortete er ihm.
Sternenbasis 974 war eine der Basen, die Slone für ihn aufsuchen sollte. Er hatte den Auftrag noch andere Basen aufzusuchen, die über eine Werft verfügten und dabei waren ältere Schiffe mit Neuerungen aufzurüsten.
>>Also gut, dann fügen Sie sich mit ihrem Schiff, in die Flotte ein,<< erteilte Flottenadmiral Kromm ihm nun den Befehl.
>>Aye Sir. Ende der Transmission,<< bestätigte Captain Q'rel und sein Bild verschwand vom Hauptschirm und es

waren wieder die vorbeiziehenden Sternenlichter zusehen, während des Warpfluges.
Zu diesem Zeitpunkt, bestand die 21. Flotte aus Schiffen der Amazonas-, Republic-, Spirit- und D'Kazanak-Klasse.

9. Kapitel

Zur gleichen Zeit, in einem anderen Teil der Galaxis. Die Draconis befand sich auf dem Weg zur tholianischen Heimatwelt, um sich dort ein Bild von der Lage zu machen und um die Tholianer dazu zubringen, ihre Schiffe aus dem Taeot-System abzuziehen. Die Draconis flog dabei mit Warp 9,8 zur tholianischen Heimatwelt. Sie hatten nur soviel Zeit, mit den Tholianer zu sprechen, wie die 21. Flotte brauchte um im Taeot-System eintreffen.
Captain Ranar und sein Chefingeneur Lieutenant Commander Fredor saßen zusammen, in einer der Bars an Bord des Schiffes und unterhielten sich.
>>Wenn dieser Zwischenfall, in Holodeck acht gestern nicht gewesen wäre, wäre der Flug zur tholianischen Heimatwelt sehr langweilig für uns,<< sagte Ranar zu ihm, nachdem er für sie beide ein paar Trinks bestellt hatte.
>>Den Systemen der Holodecks, wurde bei den letzten Arbeiten im Dock, keine große Beachtung mehr geschenkt. Diese sind für diese Schiffsklasse, keine wichtigen Systeme. Aber meine Leute haben mit freude, sämtliche Holodecksysteme, einem gründlich Check unterzogen. Die Holodecks laufen nun einwandfrei, ebenso die Arrest-Zellen. Die sind ja teilweise ebenfalls mit Holoemitern ausgestattet,<< entgegnete Lieutenant Commander Fredor.
>>Warum sind auf der Amazonas, nicht solche Fehlfunktionen aufgetreten, mit den Holoemitern,<< fragte der Captain ihn.
>>Man hatte bei der Amazonas selbst, ganz andere System-Voraussetzungen angewandt. Sie erinnern sich doch, das man die Schiff ursprünglich zusammen Testen wollte. Dabei wollten wir Ingenieure herauszufinden, welche der Systemkonfigurationen sich am besten eignen. Die anderen Schiffe sollten dann diese Konfigurationen erhalten,<< beantwortete er ihm die Frage.
Da betraten Lieutenant Fiona und Doktor Ruttel die Bar und begaben sich zu den beiden an den Tisch.
>>Captain, anstatt hier nur herum zu sitzen und jedem zu erzählen, wie langweilig dieser Flug zur tholianischen

Heimatwelt sei, könnten Sie genauso gut auch etwas Sport, auf einem der Freizeitdecks machen. Da ihre medizinische Untersuchung auch noch bei mir aussteht,<< sagte der Doktor zu ihm und setzte sich zusammen mit Lieutenant Fiona dann zu ihnen.

Lieutenant Fiona hatte in der zwischen Zeit, bereits einige Getränke für sie beide ebenfalls bestellt. Um von diesem Thema aber wieder schnell weg zu kommen, begann Captain Ranar ein Gespräch mit Lieutenant Fiona.

>>Haben sie sich schon mit allem vertraut gemacht, was wir über die Tholianer wissen und ob es irgendwelche Verträge mit ihnen und der Föderation gibt.<<

>>Ja, ich habe mir alles durchgelesen. Aber viel war es leider nicht, da die Föderation keine diplomatischen Kontakte zu den Tholianern knüpfen konnte. Man vermutet zwar, dass die Romulaner mit ihnen in Kontakt standen. Aber auch hier konnte ich, dies bezüglich nichts herausfinden,<< antwortete Lieutenant Fiona ihm darauf.

>>Also gut, Lieutenant sollten Sie doch noch etwas herausfinden, was von Interesse sein könnte informieren sie mich bitte. Und um noch auf den Vorschlag von Doktor Ruttel ein zugehen, werde ich sie nun alle verlassen und mich in mein Quartier begeben und anschließend auf das Freizeitdeck,<< sagte der Captain und stand auf, um die Bar zügig zu verlassen.

Die drei Offiziere blieben in der Bar zurück und führten einige andere Unterhaltungen, die sich mehr oder weniger alle um ihre neuen Aufgaben hier an Bord drehten. Besonders der Doktor merkte an, wie viele Besatzungsmitglieder immer noch nicht bei ihren Pflichtuntersuchungen waren. Natürlich räumte er bei den beiden anderen dazu ein, dass ihm besonders diese durch das Flottenkommando geforderten Untersuchungen, selbst auch keinen Spaß bereiteten. Die einzige freude, die er dabei hatte, war es den ein oder anderen Offizier darauf immer wieder hinzuweisen. Aber er glaubte, das dies allen Schiffsärzten so ging.

Captain Ranar lief durch das Schiff zu seinem Quartier, anstatt den Turbolift zu benutzen. Da jedes der Decks, auch über Treppen zu erreichen war. Nicht wie sonst üblich war, nur noch durch die Jeffries-Röhren. Aber auf diese Weise machte er sich, mit seinem neuen Schiff noch viel vertrauter, wie er es an Hand der Schiffspläne tun könnte. Wie er so in Gedanken schon fast an seinem Quartier angekommen war, kam ihm zufällig Lieutenant Pfork entgegen.

>>Sir, könnte ich sie mal, in einer persönlichen Angelegenheit, sprechen,<< sprach Pfork den Captain an, der aus seinen Gedanken losgerissen wurde.

>>Natürlich Lieutenant, lassen sie uns doch in mein Quartier gehen,<< antwortete Ranar ihm, da sie eh schon fast da waren.

Beide gingen die letzten Meter zu Captain Ranar's Quartier den Gang hinunter, auf Deck sechs, in Sektion vierunddreißig Theta. Wie sie dort eintrafen, musste er feststellen das er sein Quartier garnicht verschlossen hatte, wie er es am Morgen verlassen hatte. Die Türen öffnten sich automatisch, wie er davor stand. Aber er lies sich nichts anmerken deshalb und bat Lieutenant Pfork in sein Quartier hierein.

>>Lieutenant, setzen Sie sich doch. Wollen sie vielleicht etwas zu trinken,<< fragte Ranar ihn, der Höfflichkeits halber.

>>Ja, gerne. Ich würde einen Orangensaft nehmen, Sir,<< antwortete der Lieutenant ihm und war sehr von seinem neuen Kommandanten angetan.

Schließlich wurde er erst auf dieses Schiff versetzt, nicht wie die meisten anderen seiner Kollegen, die schon vorher unter dem Captain gedient hatten.

>>Seien Sie nicht so förmlich. Sie befinden sich hier bei mir, in meinem Quartier und nicht sonst wo auf dem Schiff. Hier ist ihr Orangensaft und nun erzählen sie mal, was Sie auf dem Herzen haben. Da Sie noch vor dem Eintreffen, auf der tholianischen Heimatwelt, mit mir reden wollen,<< sagte Ranar zu ihm, nachdem er ihm den Saft gereicht hatte

und sich in einen, der anderen freien Sessel gesetzt hatte, die in seinem Quartier standen.
>>Ich möchte, nachdem wir dieser Mission beendet haben, meine Verlobte nun endlich heiraten. Das wollten wir zwar schon auf Sternenbasis 219 machen, aber dann kamen die neuen Befehle vom Flottenkommando, für diese Mission und wir liefen vorher aus,<< antwortete Lieutenant Pfork ihm und nahm einen kleinen Schluck, von seinem Orangensaft.
>>Und was kann ich ihnen nun für sie tun, Lieutenant,<< fragte Ranar ihn, da er sich noch nicht recht vorstellen konnte, um was ihn der Lieutenant nun bitten wollte.
Eine Möglichkeit die ihm in den Sinn kam, dass der Lieutenant ihn darum bitten möchte nicht auf einen Kampfeinsatz geschickt zu werden. Aber das konnte und wollte er ihm nicht versprechen, da sie ihr Kurs tief in das tholianische Reich hinein führte und sie jederzeit mit einem Angriff rechnen mussten.
>>Könnten Sie, nach Beendigung dieser Mission, auf dem Rückflug, die Trauung vornehmen,<< ergänzte Lieutenant Pfork seine Frage an den Captain, um diese noch etwas präziser zu machen.
>>Aber mit vergnügen. Es soll die erste Hochzeit sein, die an Bord der Draconis gefeiert wird,<< antwortete Ranar ihm und lächelte dabei.
Es war nichts von dem, an dass er im ersten Moment denken musste. Aber diese Frage des Lieutenants, war ein wirklich guter Grund erfolgreich zurückzukehren.
Pfork war so überrascht darüber, das Captain Ranar eingewilligt hatte, die Hochzeit durchzuführen. Das er beinahe, mit seinem dritten Arm, das Glas mit dem Saft umgestoßen hätte, wie er sich bei Captain Ranar bedanken wollte. Da dieses Verhalten für Edosianer völlig untypisch war.
>>Nicht so stürmisch Lieutenant Pfork. Gehen Sie lieber jetzt, zu ihrer Verlobten und teilen sie ihr die freudige Nachricht mit,<< sagte Ranar zu ihm, um ihn wieder zu beruhigen.

Nach diesen Worten, verließ auch Lieutenant Pfork das Quartier des Captains wieder, da er ihn nun nicht mehr länger belästigen wollte.
Nachdem der Lieutenant gegangen war, begab sich Ranar erstmal unter die Schalldusche. Wie er wieder aus der Schalldusche heraus kam, hatte er es sich anders überlegt und begab sich nun nicht mehr, auf eines der Freizeitdecks. Irgendwie war ihm nun nicht mehr danach, sich auf das Freizeitdeck zu begeben und in einem der zahlreichen Fitnessräumen zu trainieren. Stattdessen begab er sich an seinen Schreibtisch und öffnete sein persönliches Logbuch.

Persönliches Logbuch, Tylian Ranar: Sternzeit 51129,7
Lieutenant Pfork kam Heute zu mir und hat mich darum gebeten, seine Trauung durchzuführen, nachdem wir unsere Mission mit der Draconis erfüllt haben.
Ich denke, wir werden diese erste Trauung auf Holodeck sechs abhalten. Aber ich werde mich vorher nochmal, mit ihm und seiner Verlobten, über die Trauungszeremonie unterhalten müssen. Damit wir das Programm auf dem Holodeck entsprechend gestalten können. Auch muss ich mich persönlich erst einmal mit den typischen Gepflogenheiten der Edosianer vertraut machen.
Diese Hochzeit, wird die erste Veranstaltung dieser Art an Bord, dieses Schiffes sein und hoffentlich werden noch viele weitere folgen. Jedenfalls hat mir die Frage Lieutenant Pforks gezeigt, das trotz der anstehenden Mission das Leben der Besatzungsmitglieder weiter läuft.
Die Crew, wie auch ich selbst geben unser bestes, um uns mit den neuen Systemen und natürlich auch mit dem ganzen Schiff vertraut zu machen. Wir versuchen aber auch immer

noch herauszufinden, welche besonderen stärken und schwächen es hat.
Wir sind jetzt nur noch zwei Tage von der tholianischen Heimatwelt entfernt. Ich hoffe, dass die Crew und ich alle Schwierigkeiten, die wir noch haben und bis dahin noch auftreten könnten hinter uns bringen. Es wäre nicht wirklich von Vorteil, wenn es bei dieser wirklich brisanten Mission kurz vorher noch zu einem gravierenden Systemversagen kommen sollte.
Nach dieser Mission und der Hochzeit, werde ich noch meinen Urlaub nachholen, der mir vom Flottenkommando gestrichen wurde, als ich das Kommando über die Draconis erhielt. Ich werde dann einen Teil, meines Urlaubs auf dem Mars verbringen, bei meiner Familie.
Ende des Eintrags.<<

Nachdem er sein Logbuch wieder geschlossen hatte, begab er sich zum Schlafen. Er war doch ziemlich erschöpft, von den ganzen arbeiten mit den Holodecks. Auch wenn er kein Ingeniuer war, war er sich selbst nicht zu schade in den Eingeweiden seines Schiffes herumzukriechen und fehlerhafte Microisolinearechips auszutauschen.

In der zwischen Zeit, bei der Flotte von Admiral Kromm. Die U.S.S. Constitution war mittlerweile zur 21. Flotte hinzu gestoßen. Sowie zwei weitere Warbirds, der dritten Generation, der D'Kazanak-Klasse.
Die 21. Flotte sollte fürs erste im Sektor 1576 kreuzen, wo man die U.S.S. Amazonas, mit einem tholianischen Scout angegriffen hatte. Dieser Scout befand sich immer noch, in den Händen von Sektion 31, in einem der geheimen Hangar, auf Sternenbasis 219 und wurde dort gründlichste Untersucht.
>>Lieutenant Monroe, teilen sie der Flotte mit, sie sollen ihre Schild und ihre Tarnung aktivieren,<< erhielt sie den Befehl vom Admiral.

Lieutenant Monroe leitete den Befehl des Admirals, sofort an Flotte weiter.

>>Admiral, wir gehen nun auch auf Unterlichtgeschwindigkeit und setzen den Kurs, nach Sektor 1594 mit halber Impulskraft fort. Den wir mit dieser Geschwindigkeit, in drei Tagen erreichen werden. Das Taeot-System in viereinhalb,<< meldete Lieutenant Drexler von der Conn.

>>Gut Lieutenant. Captain Karpuz, sie haben die Brücke. Ich werde mich in den Bereitschaftsraum begeben, um dort eine weitere Taktik auszuarbeiten, für einen eventuellen Angriff der Tholianer,<< teilte der Admiral seiner Brückencrew weiter mit und verließ daraufhin die Brücke.

Er begab sich daraufhin in den Bereitschaftsraum auf Deck zwei, anstatt den auf Deck eins, neben der Brücke zu benutzen. Den Raum, den er aufsuchte war bis vor einigen Tagen gar kein weiterer Bereitschaftsraum. Er hatte den Raum auf Deck zwei dazu umfunktionieren lassen. Schließlich brauchte er diesen zusätzlichen Platz, der ihm auf Deck eins einfach nicht zur Verfügung stand.

Wie er den Raum betrat, standen dort schon verschiedene Modelle, der Schiffe die ihm für diese Mission zur Verfügung standen. Einige der Modelle hatten leichte Verbrennungen, da er hier mit einem vom Schiff unabhänigen Holosystem arbeitete. Mit dem Sytem konnte er zwar viele der funktionen, des Holodoecks auch nutzen, aber nun mal nicht alle. Im besonderen die Anzahl der zu berechnenden tholianischen Kreuzer und ihrer holographischen Darstellung.

Die Schiffe der 21. Flotte, aktivierten wie befohlen ihre Tarnung, nachdem sie die Befehle bestätigt hatten und flogen nun in einer geschlossenen Formation nach Sektor 1594 mit Impulskraft weiter.

Dies gehörte mit zu den Plänen, die der Admiral für diese Mission ausgearbeitet hatte und um Captain Ranar einen vierundzwanzig stündigen Vorsprung zu erlauben, damit er herauszufinden konnte, warum die Tholianer einen Teil ihrer Flotte im Taeot-System zusammen zogen und dort auch noch weitere Schiffe bauten.

Nach einigen Minuten rief Admiral Kromm die Brücke.

>>Captain Karpuz, kommen Sie zu mir in den Bereitschaftsraum auf Deck zwei. Ich habe mit ihnen etwas zu besprechen,<< sagte er kurz angebunden, über das Interkom und unterbrach dann wieder die Verbindung, noch bevor der Captain nach dem Grund fragen konnte, warum er ausgerechnet jetzt in den Bereitschaftsraum kommen sollte.

>>Ich komme sofort. Commander Zichner, Sie übernehmen die Brücke,<< wies er ihn noch an, bevor er ebenfalls die Brücke verließ, um sich in den Bereitschaftraum auf Deck zwei zu begeben.

Karpuz betrat den Raum auf Deck zwei, der eigentlich vom Leiter der wissenschaftlichen Abteilung genutzt wurde, wenn er sich nicht gerade auf der Brücke aufhielt. Da sich auf den Decks zwei bis vier, der größte Teil der wissenschaftlichen Abteilung befindet.

>>Captain Karpuz, setzen Sie sich,<< sagte der Admiral im Befehlston zu ihm.

>>Wollen Sie mit mir über die Taktik, für einen Angriff auf die Tholianer sprechen, Sir? Oder, was gibt es so dringendes, warum sie mich hier sprechen wollten,<< fragte Karpuz ihn, da er sich nicht vorstellen konnte, dass der Admiral in so kurzer Zeit, eine neue Taktik für einen Angriff ausarbeiten konnte.

>>Es geht um dein Kommando, als Captain der Amazonas. Nach dieser Mission, wirst du das Kommando über die Amazonas an mich abtreten. Da du das Schiff verlassen wirst, um das Kommando über ein anderes Schiff zu erhalten,<< antwortete Admiral Kromm auf seine Frage.

>>Aber warum das, Sir,<< schoss es aus Karpuz heraus.

Der den Admiral nicht beim Vornamen genannt hatte, da er das nie tat, wenn er auf ihn wütend war.

>>Aus verschiedenen Gründen. Zum einen, dass du erst vor kurzem in den Rang eines Captain befördert wurdest. Dies geschah eigentlich nur mit dem Hintergedanken, dass du in den ersten Jahren nur das Kommando über Schiffe erhältst, die sich durch das BMRD noch in der Testphase befinden. Ich habe deshalb entschieden, dass du das Kommando über

die U.S.S. Kasiopeier NCC-20000 über-nehmen wirst. Man hatte bei mir nachgefragt, ob ich nicht irgendeinen Captain zur Verfügung hätte, der dies über-nehmen kann,<< erläutert Admiral Kromm ihm und hoffte darauf das er seine Entscheidung verstand.
>>Soll das heißen, dass man mich nur zum Captain befördert hatte, um dann anschließend nur die neusten Entwicklungen des BMDR und der Sternenflotte zu testen,<< entfuhr es Karpuz.
Bei ihm hörte es sich so an, als sei es etwas schlechtes,wenn man die neusten Entwicklungen testen sollte und auch durfte.
>>Darauf läuft es vorerst hinaus Ferdi. Du gehörst ja auch erst seit kurzem zu Sektion. Die anderen Mitglieder erwarten, dass du dich fügst und dabei auch Beweist. Mir gegenüber bräuchtest du dies nicht, da ich dich ja schon lange genug kenne,<< antwortete Kromm ihm und reichte ihm die Hand, um ihm zu zeigen, dass es sich ihm gegenüber um nichts persönliches handelte.
>>Wie soll ich mich den Beweisen, wenn ihr mich nur neue Schiffe testen laßt und ich ansonsten an keinen ernsthaften Missionen teilnehme,<< entgegnete Ferdi ihm und sah nicht, dass er sich gerade bei diesem Posten am besten Beweisen konnte.
>>Alle unsere Kommandanten haben auf Positionen angefangen, wo sie selbst dachten, sie könnten sich dort nicht recht Beweisen. Da es wohl für sie den Anschein erweckte, dort lägen leine Herausforderungen drin. Du weist gar nicht, was ich alles tun musste, damit man mir vertraute und du dieses Kommando hier erhalten konntest,<< versuchte Kromm ihm immer noch zu erklären.
Schließlich würde er das neue Kommando gar nicht zugewiesen bekommen, hätte er nicht den tholianischen Scout vor einigen Monaten aufgebracht. Dies war einer der ersten Punkte, weshalb die anderen Mitglieder der Sektion davon überzeugt waren, er könnte mit der Kasiopeier noch mehr erreichen.
>>War das alles, was Sie mir mitteilen wollten, Sir,<< fragte Ferdi verärgert nach und stand auf.

>>Ja, du kannst wieder gehen. Und du hast Glück, dass du überhaupt das Kommando über ein weiteres neues Schiff wieder erhältst,<< sagte der Admiral nun auch mit einem etwas verärgerten Tonfall, da er sich über das Verhalten von Karpuz doch sehr geärgert hatte.

Anstatt sich zurück auf die Brücke zu begeben, begab sich der Captain auf Deck dreizehn, wo er zum Holodeck vier ging.

>>Computer, lade Karpuz eins,<< wies der Captain den Computer immer noch gereitzt an.

>>Programm wurde geladen und ist bereit. Sie können nun eintreten,<< bestätigte der Computer ihm, ohne das er auf die Stimmung des Captains achtete.

Karpuz trat daraufhin in das aktive Holoprogramm ein. Er hatte vor, sich dort für einige Stunden ungestört aufzuhalten. Dafür versiegelt er den Zugang, damit niemand das Holodeck betreten oder hinein beamen konnte. Er musste über das nachdenken, was der Admiral ihm vor kurzem mitgeteilt hatte. Dies konnte er am Besten, in der Mitte seiner Familie.

Das Programm, was er aufgerufen hatte, zeigte seine Familie. Seine Mutter, seinen Vater und seine Schwestern, die sich alle auf der Erde aufhielten. Dieses Programm suchte er immer dann auf, wenn er über wichtige Ding nachzudenken hatte und sich entspannen wollte. Deshalb nahm er es auch überall mit hin, wo er seinen Dienst erfüllen sollte.

Drei Stunden später betrat Admiral Kromm wieder die Brücke der Amazonas.

>>Wo befindet sich Captain Karpuz? Er hat den Bereitschaftsraum schon vor Stunden wieder verlassen,<< sagte der Admiral, wie er aus dem Turbolift trat und den Captain nicht auf der Brücke sah.

>>Er hat sich nicht auf der Brücke gemeldet. Computer, wo befindet sich Captain Karpuz,<< wies Commander Zichner den Computer an, bevor der Admiral dazu kam.

>>Captain Karpuz befindet sich auf Holodeck vier,<< antwortete der Computer ihnen.

>>Soll ich den Captain, auf die Brücke rufen,<< fragte der Commander, den Admiral.

>>Nein, Commander. Lassen sie ihn auf Holodeck vier, er hat über einige Dinge nachzudenken, die ich ihm im Bereitschaftsraum mitgeteilt habe,<< antwortete der Admiral und begab sich zum Sessel des Captains, um an den Kontrollen dort etwas zu überprüfen.

>>Sir, haben sie schon eine Taktik festgelegt,<< fragte der Commander nun, um das Thema zu wechseln.

>>Ja, ich habe die taktischen Pläne, in der Datenbank des Schiffes gespeichert, wo sie nun von den anderen Kommandanten, der Flotte abgerufen werden können. Ich werde mich nun ebenfalls zurückziehen. Commander, nehmen sie noch die nächste Schicht in Empfang,<< wies ihn Kromm an und begab sich wieder zum Turbolift, um die Brücke wieder zu verlassen.

>>Natürlich Admiral Kromm, ich wünsche ihnen eine geruhsame Nacht,<< bestätigte Commander Zichner ihm, aber der Admiral bekam von den restlichen Worten, des Commander nichts mehr mit, da sich hinter ihm bereits die Türen des Turbolifts geschlossen hatten.

Aber der Admiral begab sich nicht etwa in sein Quartier, sondern in die technische Abteilung von Shuttlehangar eins. Wo sich der Prototyp, für einen Shuttle befand, der vom Admiral persönlich Entwickelt wurde. Den Shuttle hatte er speziell, für die Amazonas-Klasse. Er hatte auch alle erforderlichen Tests, mit dem Shuttle persönlich durchgeführt.

Auch wenn es die Bedrohung durch die Borg, scheinbar nicht mehr gab, da dies schon seit mehreren Jahrzehnten besiegt waren, wäre es doch immer noch mal möglich auf sie zu treffen. Unter anderem durch einen Dimensions- oder Zeitsprung. Obwohl, die Zeit- und Dimensions-Sprungs-Technologie der Sternenflotte, noch nicht wirklich gut ausgereift war, wurde sie immer mal wieder angewandt und es kam dann immer wieder zu verheerenden Unfällen. Hauptsächlich, da man den genauen Zeitpunkt und den Ort immer noch nicht zu hundert Prozent bestimmen konnte, wo

man aus dem künstlich geschaffenen Wurmloch austretten wollte.
In diesem Shuttle wurde die Technik für beide Verfahren, das Erste mal gemeinsam eingebaut. Zeitsprünge wurden aber nur in die Vergangenheit unternommen, um Veränderungen an der Zeit zu korregieren oder geschichtliches zu dokumentieren, was über die Zeit verloren ging. Er hatte Hauptsächlich die Forschung auf diesem Gebiet, für die Temporaleermittlungsbehörde geführt. Da ihm diese auch als Ober-Befehlshaber des S.F.P.S.D. unterstand.
Er begab sich durch den hinteren Zugang in den Shuttle und setzte sich an die Steuerkonsollen, um dort über die Ereignisse der letzten Monate nachzudenken und die Systeme des Shuttles nochmals zu überprüfen.
Falls Ranar keinen Erfolg, auf der tholianischen Heimatwelt haben sollte, steht die Föderation vielleicht vor einem Krieg, mit dem tholianischen Reich. Es wäre für mich und auch viele andere, die erste Kampfhandlung seit mehreren Jahren wieder und für andere die Erste. Im Grunde möchte ich keinen Krieg, mit den Tholianer anfangen. Aber sollte es wirklich soweit kommen, bin ich mir sicher dass die Crew's hinter mir und meinen Entscheidungen stehen. Sollte Ranar aber Erfolg haben, werde ich aber trotzdem einige getarnte Schiffe im System belassen, um die Tholianer weiter zu beobachten. Leider fällt ja bei den Sonden, doch immer mal wieder der Tarnschirm aus.
Seine Gedanken hielt Flottenadmiral Kromm auch, in seinem persönlichen Logbuch fest.

10. Kapitel

Logbuch, des Captains: Sternzeit 51131,24 Wir sind nur noch dreizehn Stunden von der tholianischen Heimatwelt entfernt. Die Langstreckensensoren zeigen uns an, dass der Heimatplanet der Tholianer ziemlich verwüstet ist.
Es hat für uns den Anschein, dass auf dem Planeten wirklich eine Art von Bürgerkrieg stattgefunden haben muss.
Sowie wir in den Orbit eingeschwenkt sind, werde ich ein Außenteam, auf den Planeten schicken. Dieses wird dort nach Überlebenden suchen, die uns vielleicht sagen können, was auf dem Planeten geschehen ist.
Sollte es aber wirklich zu einem Bürgerkrieg gekommen sein, muss es sich bei den Übergriffen auf die Föderation, um Splitergruppen der Tholianer handeln, die neue Ressourcen und Waffen erbeuten wollen, um ihren Krieg fortzuführen.
Dann würden die Tholianer im Taeot-System scheinbar unabhängig operieren.
Ende des Logbuchseintrages. Captain Tylian Ranar, kommandierender Offizier der U.S.S. Draconis NCC-91475.<<

Captain Ranar wandte sich, nachdem er das Logbuch geschlossen hatte, an seinen ersten Offizier.
>>Commander Asleif, senden Sie eine Kopie des Logbuchseintrages an Flottenadmiral Kromm.<<
>>Die Kopie des Logbuchseintrages ist verschlüsselt und wird an die Amazonas übermittelt, Sir,<< bestätigte der Commander.
>>Commander Asleif, stellen Sie dann auch schon mal ein Außenteam zusammen, mit dem sie auf den Planeten hinunter beamen werden,<< wurde er anschließend noch vom Captain angewiesen.

>>Ich werde Lieutenant Fiona und Lieutenant Commander Fredor mitnehmen, außerdem noch zwei Mann vom Sicherheitsdienst,<< informierte Asleif den Captain.

>>Einverstanden, machen Sie es so,<< bestätigte der Captain ihm daraufhin.

Die nächsten Stunden an Bord der Draconis gingen dann doch ziemlich hektisch voran, da sich die medizinischen Abteilungen auf eine Großzahl von verletzten vorbereitete. Nun wurde auch das medizinische Personal der Draconis möglicherweise ziemlich gefordert werden, da dies während der Testphase, der Draconis nicht der Fall war.

Aber auch in den Shuttleabteilungen wurden Überstunden gemacht, falls man mit den Transportern keine flächendeckende Hilfe leisten konnte.

Dreizehn Stunden später befand sich die Draconis im Tholia-System und näherten sich dem Planeten, auf dem man mit den Sensoren, die meiste Technologie erfasst hatte.

>>Captain, wir schwenken jetzt in den Orbit, der tholianischen Heimatwelt ein,<< meldete Fähnrich Timpski, von der Conn.

>>Commander Asleif, begeben Sie sich nun mit dem Außenteam, in Transporterraum drei und beamen sich auf den Planeten hinunter. Lieutenant Ivera, machen Sie eine volle Sensorenabtastung nach irgendwelchen Überlebenden, auf dem Planeten. Und halten Sie die Augen offen, nach Schiffen die sich uns möglicherweise nähern,<< erteilte Captain Ranar seine Befehle, an die Crew.

>>Ja, Sir. Abtastung läuft,<< bestätigte Lieutenant Ivera von der Ops.

Das Außenteam materialisierte in Mitten der Überresten von einer Stadt. Diese hatte man mit den Sensoren, als eventuelle Hauptstadt auf dem Planeten identifiziert. Das Außenteam teilte sich in Gruppen von je zwei Leuten auf, um sich schneller umsehen zu können. Aber sie blieben untereinander in Hörweite, da sie nicht wussten wie sicher es war, wenn sie jedesmal ihre Kommunikatoren benutzten.

>>Lieutenant Fiona, können sie mit dem Trikorder irgendeine Lebensform erfassen,<< fragte Commander Asleif sie, während sie über einen Platz gingen, direkt auf ein Gebäude zu was die wenigsten Schäden zu haben schien.
Überall an den Gebäuden waren Spuren von Phaser- und Disruptor-Entladungen zu sehen, was auf den ersten Blick nichts ungewöhnliches war, da die Tholianer meist Waffen von Föderations-Außenposten und Schiffen entwendet hatten.
>>Nein, mit den Trikordern ist nichts zu erfassen,<< antwortete Lieutenant Fiona und setzte ihre Suche fort.
>>Mister Fredor, haben Sie vielleicht schon etwas am Habitatring des Platzes entdeckt, was uns dabei weiter helfen könnte, über das was hier passiert ist mehr zu erfahren,<< fragte der Commander nun auch ihn.
>>Vielleicht Sir, aber dafür müßte ich auf das Schiff zurückkehren, um meine Vermutung zu überprüfen,<< antwortete Lieutenant Commander Fredor und nahm irgendeinen Gegenstand vom Boden auf und steckt ihn in seine Tasche.
Dann sah er sich noch etwas, in der näheren Umgebung um, bevor er sich wieder zu Commander Asleif begab.
>>Peterson, Brin, haben Sie vielleicht noch irgendetwas von Interesse, für uns entdecken können,<< fragte der Commander nun auch die beiden Sicherheitsoffiziere.
>>Nein Sir, noch nicht mal einen toten Tholianer. Was eigentlich doch ziemlich merkwürdig ist, wenn dies hier durch einen Bürgerkrieg entstanden ist,<< sagten beide, wie mit einer Stimme.
>>Die beiden haben recht. Es gibt in den Trümmern keine Leichen, weder Tholianer noch andere Opfer,<< sagte Fiona zu Commander Asleif, der sich nun zu ihr begeben hatte, nachdem sie einen der Schutthaufen näher untersucht hatte.
>>Also gut, kehren wir vorerst zum Schiff zurück. Wir haben nicht mehr allzuviel Zeit, um herauszufinden, was hier geschehen ist,<< informierte der Commander das Außenteam und aktivierte seinen Kommunikator.

>>Draconis, fünf zum Raufbeamen bereit,<< er sah sich nochmal kurz auf dem Platz um, bevor er den Befehl zum hochbeamen erteilte.
>>Energie!<<

Wieder an Bord der Draconis, begab sich Lieutenant Commander Fredor sofort in die technische Abteilung der Draconis. Er wollte dort seine Vermutung, über den Gegenstand bestätigen, den er von der Oberfläche mitgenommen hatte. Die anderen begaben sich hingegen wieder zur Brücke.
Wie sie die Brücke betraten, war die Draconis schon dabei den Orbit wieder zu verlassen.
>>Commander Asleif, wir werden die Umlaufbahn verlassen, da die Sensoren einen weiteren Planeten in der Nähe entdeckt haben, wohin die Tholianer geflohen sein könnten. Er weist die selben Voraussetzungen auf, wie Tholia IV,<< informierte der Captain seinen ersten Offizier, Commander Asleif.
>>Captain, Commander Fredor hat eventuell etwas auf dem Planeten entdeckt, er überprüft dies gerade in der technischen Abteilung,<< entgegnete Commander Asleif, dem Captain.
>>Mister Fredor soll mir sein Ergebnis mitteilen, sowie er eines hat,<< wies der Captain seinen ersten Offizier an.

Die Draconis verließ den Heimatplaneten der Tholianer und flog mit voller Impulskraft zu dem Planeten, den sie mit den Sensoren entdeckt hatten.

11. Kapitel

In der Nähe des Sektors 1594, bei der 21. Flotte. An Bord der U.S.S. Amazonas NX-19700.
>>Sir, wir erhalten gerade eine Nachricht von der Draconis. Es ist eine Kopie ihres Logbuches,<< meldete Lieutenant Monroe von ihrer Station.
>>Ich komme sofort,<< sagte Admiral Kromm und begab sich zur Kommunikations-Station, in den hinteren Teil der Brücke.
Wie man es von alten Schiffen der Constitution-Klasse her kannte, befand sich die Kommunikationskonsole leicht rechts hinter dem Platz des Kommandanten. Nur dass die Konsole bei der Amazonas-Klasse, ebenfalls zum Hauptschirm hin ausgerichtet war.
>>In der Aufzeichnung, ihres Logbuches steht eigentlich nicht viel neues drin. Nach den ersten Eindrücken, scheint es auf der tholianischen Heimatwelt wirklich eine Art von Bürgerkrieg gegeben zu haben. Lieutenant, machen Sie eine weitere Kopie der Aufzeichnungen und schicken sie die Daten an das Sternenflotten Hauptquartier, auf der Erde. Benutzen Sie aber, die Codes der Draconis,<< wies der Admiral sie ein.
>>Natürlich Sir,<< bestätigte Lieutenant Monroe, ohne zu verstehen, warum sie die Codes der Draconis verwenden sollte und nicht den Code der Amazonas und des Admiral's. Aber sie führte den Befehl des Admirals trotzdem so aus, wie er ihn formuliert hatte.

Logbuch, des Captain's: Sternzeit 51132,84 Captain Ranar hat uns, in einer Kopie seines Logbuchs mitgeteilt, dass die tholianische Heimatwelt völlig verwüstet sei.
Was die Theorie eines Bürgerkrieges bestätigen würde und auch eine Erklärung dafür wäre dass der Nichtangriffs-Vertrag von den Tholianer gebrochen wurde.
Es gab ja immer wieder Tholianer, die mit diesem Vertrag nicht einverstanden waren.

Aber es würde nicht erklären, warum eine Flotte von tholianischen Schiffen im Taeot-System kreuzt. Da es zu viele Schiffe sind, um zu glauben dass sich die tholianische Bevölkerung bekriegen würde.
Sie würden sich dann wohl auch nicht die Mühe machen, um im Taeot-System einen Außenposten zu errichten.
Für eine endgültige Lösung bleiben Captain Ranar nur noch neunzehn Stunden Zeit, dann wird die 21. Flotte in das Taeot-System ein fliegen. Wir wissen nicht, wie die Tholianer darauf reagieren werden, wenn wir unsere Tarnung deaktivieren.
Ende des Logbuchseintrages. Flottenadmiral Marco Kromm, kommandierender Offizier der U.S.S. Amazonas NX-19700.<<

Seit dem Gespräch mit dem Admiral, war Captain Karpuz nicht mehr aus dem Holodeck gekommen. Viele der Besatzungsmitglieder machten sich seinetwegen und der eventuell bevorstehenden Schlacht große Sorgen. Selbst Doktor Wiechinski hatte es vergeblich versucht, mit dem Captain zu sprechen. Man hatte auch versucht, ihn aus dem Holodeck herauszubeamen. Was aber nicht möglich war, da er das Sicherheitssystem der Arrest-Zellen, mit auf dieses Holodeck gelegt hatte und es würde Stunden dauern dies zu umgehen.
>>Jetzt ist es aber genug, ich werde mich persönlich darum kümmern und mich auf das Holodeck begeben. Commander Zichner sie haben die Brücke,<< sagte der Admiral und wollte die Brücke verlassen.
>>Sir, wir haben schon sämtliche Sicherheitsüberbrückungen versucht, niemand hat es geschafft in das Holodeck zu kommen,<< entgegnete Commander Zichner.
>>Commander, Sie vergessen wer und was ich bin.<<
Daraufhin verließ Admiral Kromm die Brücke und begab sich zu Holodeck vier, wo er nun Karpuz endlich herausholen wollte.

>>Computer, Stimmüberprüfung und Sicherheitsüberbrükkung. Sigma-Jota fünf vier Alpha Tango Eta,<< wies der Admiral den Schiffs-Computer an.

>>Stimmüberprüfung positiv. Sicherheitsüberbrückung ist freigegeben,<< bestätigte der Computer und daraufhin öffneten sich die Türen zum Holodeck und der Admiral konnte eintreten.

Obwohl Karpuz die Sicherheitscodes der Crew außer Kraft gesetzt hatte, konnte er den Sicherheitscode des Admirals nicht damit außer Kraft setzen. Schließlich hatte Admiral Kromm unter anderem, bei der Programmierung dieser Systeme geholfen und dadurch in jedes System, der Amazonas-Klasse eine Hintertür eingefügt, durch die er jeder Zeit die Möglichkeit hatte Zugriff zu erhalten, wenn er es für nötig hielt.

Kromm betrat das Holodeck und fand sich in einem kleinen Wald wieder. Der wie es schien, an einem See oder Fluß lag. Wie er näher kam erkennt er, dass es sich um einen See handelte, der ihm irgendwie auch bekannt vor kam. Er fand Karpuz auf der anderen Seite, des Sees liegen. Er war nur mit einer Badehose bekleidet, da es den Anschein hatte, er wolle in dem See schwimmen gehen. Also umrundete er den See, damit er mit Karpuz besser Reden konnte. Er wollte das Programm auch nicht einfach abschalten.

>>Ferdi, du warst jetzt lange genug hier drin. Wir sind nur noch wenige Stunden vom Taeot-System entfernt. Sieh das mit der Versetzung auf die Kasiopeier, als eine weitere Chance an, endlich ein eigenes Kommando zu behalten,<< sprach der Admiral ihn an.

>>Über so etwas entscheidest du doch selbst, in deinem Großmut,<< entgegnete Ferdi, der Blinzeln musste, da Kromm mit der Sonne im Rücken zu ihm stand.

>>Außerdem wie bist du hier hereingekommen. Ich hatte doch die Sicherheitsüberbrückung außer Kraft gesetzt und das Arrest Sicherheitssystem über das Holodeck gelegt, damit auch niemand hinein oder hinaus beamen kann.<<

>>Meinen Sicherheitscode kannst du so nicht überbrücken oder außer Kraft setzen, dafür bist du noch zu unerfahren. Ich hab dem Rat schon empfohlen, dir das Kommando über

die Kasiopeier zu übergeben, nach den Testflügen. Aber es liegt nun mal nicht bei mir alleine, wer das endgültige Kommando über einen Prototypen erhält, dass mußt du verstehen,<< versuchte Kromm ihm nochmal zu erklären.
Auch wenn sie hier im Holodeck genauso alleine waren, wie in dem Besprechungsraum. Konnte er ihm nicht direkt sagen, dass mit dem Rat, nicht der Sternenflotten-Rat oder der Föderations-Rat gemeint war. Wenn er vom Rat sprach, meinte er meistens den der Sektion. Auch wenn er innerhalb der Sektion der mächtigste Offizier war, war er nicht das mächtigste Mitglied von ihnen.
>>Und davon soll ich überzeugt sein, du als Ober-Befehlshaber des S.F.P.S.D. und der mächtigste Agent von Sektion 31,<< warf Karpuz ihm wieder verärgert vor.
>>Das eine, hat mit dem anderen überhaupt nichts zu tun. Außerdem der Sternenflotten-Rat weiß über diesen Prototypen noch weniger, wie du zu diesem Zeitpunkt. Das Schiff wird in einer geheimen Werft, im Sektor 001 gebaut, von der noch nicht mal der Rat in Kenntnis ist. Du würdest in einem oder zwei Monaten mit den Test-Flügen beginnen können,<< informierte er nun Karpuz, obwohl er ihm diese Informationen gar nicht hätte geben dürfen.
Aber wer sollte ihm daraus einen Strick drehen und er würde Ferdi wirklich gerne auf dauer auf diesem Schiff sehen. Er konnte ihn sich dort wesendlich besser vorstellen, wie hier an Bord der Amazonas. Das hatten ihm die letzten Monate hier deutlich gezeigt. Ferdis Ego war nicht mit seinem Captains-Rang gestiegen, sondern erst mit der übernahme des schweren Kreuzers.
>>Also gut, nehmen wir einmal an, ich würde dein Angebot in Betracht ziehen. Was hätte ich davon, wenn der Rat anders entscheidet und mir das Kommando wieder aberkennt,<< hackte Ferdi nach, um eine Antwort zu bekommen.
>>Komm nimm deine Sachen und laß uns auf die Brücke gehen. Wir regeln das, wenn wir uns wieder auf Sternenbasis 219 befinden. Es wird eh noch einige Wochen dauern, bis die Kasiopeier soweit ist, um ihre ersten Testflüge durchzuführen,<< beendete der Admiral das Gespräch fürs

erste und reichte ihm ein Handtuch, dass er sich um die Hüften binden konnte, wenn sie das Holodeck verließen.

Karpuz ging vorerst auf den Vorschlag des Admiral's ein und nahm seine Sachen. Beide verließen nun das Holodeck und Karpuz deaktivierte noch sein Holodeckprogramm.

>>Ich werde nur noch schnell, in meinem Quartier vorbei gehe, um mir eine neue Uniform an zuziehen,<< sagte Karpuz und begab sich in die andere Richtung, zu den Offiziersquartieren.

>>Also gut, bis gleich auf der Brücke,<< bestätigte Admiral Kromm ihm.

Auf dem Weg zu seinem Quartier, drehte sich doch der ein oder andere weibliche Offizier nach ihm um, da er ja eigentlich nur seine Badehose und ein Handtuch trug, die verschmutzte Uniform und seine Stiefel trug er hingegen in der Hand.

12. Kapitel

Die Draconis näherte sich dem Planeten, den sie mit ihren Sensoren erfaßt hatte. Lieutenant Commander Fredor hatte die Auswertung des Gegenstandes, den er von dem Planeten mitgenommen hatte, immer noch nicht völlig abgeschlossen. Aber er konnte Captain Ranar schon so viel mitteilen, dass es sich bei den Gegenstand um Sternenflottentechnik handelte. Die von der Sternenflotte, erst seit fünfzehn Jahren im Einsatz verwendet wurde und das dieser besondere Gegenstand, nur auf Sternenflottenschiffen zu finden sei. Aber nicht auf den Zivilen- beziehungsweise Diplomaten- oder Botschafts-Schiffen der Föderation und dies waren die Art von Schiffen, die von den Tholianern angegriffen wurden. Neben noch einiger Frachtschiffe, die in der Föderation registriert waren.
Auch auf den angegriffenen Außenposten, hätten sie dieses Gerät nicht finden können. Und man wusste genau, dass die Tholianer bei ihrem Angriff auf die Amazonas dieses Gerät auch nicht haben erbeuten können, da sie ja den Scout aufgebracht hatten und nach Sternenbasis 219 gebracht hatten.
>>Sir, zwei tholianische Schlachtkreuzer enttarnen sich direkt hinter uns, mit aktivierten Waffensystemen,<< meldete Lieutenant Commander Irendor von der Taktischenstation.
>>Alarm-Stufe Rot! Schilde und Waffen Achtern!<<
War sofort von Captain Ranar zu hören und da kam auch schon die nächste Meldung, von Lieutenant Commander Irendor.
>>Sie feuern! Treffer am oberen Pylonen Backbord. Hüllenbruch! Kraftfelder sind aktiviert und halten!<<
>>Feuer nach eigenem ermessen Commander Irendor. Timpski! Ausweichmanöver Ypsilon drei!<< erteilte der Captain seine Befehle weiter und dachte darüber nach, wie leicht sie doch eigentlich so weit gekommen waren.
>>Bereit machen, auf weiteren Torpedo Einschlag!<<

War wieder von Lieutenant Commander Irendor zu hören und in diesem Moment, wurde das Schiff ein weiteres mal kräftig erschüttert.

>>Treffer in der Sekundär-Phalanx! Kraftfelder halten! Treffer auch bei einem, der tholianischen Kreuzer seine Schilde sind auf fünfundzwanzig Prozent runter. Aber unser befinden sich auch nur noch, bei siebenunddreisig Prozent! Die halten dass nicht mehr lange aus und werden zusammen brechen.<<

Da erschütterte ein weiterer Treffer die Draconis und einige der Brücken-Offiziere stürzten aus ihren Sesseln.

>>Sie verwenden auf Subraumbasierende Torpedos!<<

Musste Lieutenant Commander Irendor schon fast brüllen, um dem Captain die Informationen mitzuteilen.

>>Remudulieren Sie, die Schild-Abstimmung. Leiten sie Energie, aus anderen Systemen in die Schilde und machen sie endlich diesen einen Kreuzer unschädlich,<< waren von Captain Ranar, die weiteren Befehle zu hören.

>>Sir, ich habe gerade, mit den Sensoren, noch ein weiteres Föderations-Schiff der Sternenflotte entdeckt,<< meldete Lieutenant Fiona von der Ops, da sie den Posten übernommen hatte.

Der Offizier, der eigentlich seine Schicht an der Ops hatte, wurde durch eine Entladung an seiner Konsole verletzt.

>>Wo? Und warum kommen sie uns nicht zur Hilfe,<< wollte er nun von ihr wissen, da mittlerweile überall auf der Brücke kleine Rauchsäulen aufstiegen.

>>In einem höheren Orbit, um den Planeten. Der Antrieb des Schiffes scheint beschädigt zu sein, Captain,<< informierte sie ihn mit zittriger Stimme.

Es war ja nicht, das erste mal für sie, dass sie unter dem Kommando des Captains in Kampfhandlungen verwickelt war. Aber dieses ungleichgewicht der Kräfte, erlebte sie zum ersten Mal. Anderseit, wenn sie an ihr altes Schiff dachte, waren sie mit der Amazonas-Klasse doch besser dran. Ein anderes älteres Schiff, wäre unter dieser Feuerkraft der Tholianer bestimmt schon längst unter gegangen.

>>Wir erhalten weitere Meldungen von Hüllenbrüchen, auf den Decks acht, dreizehn und achtzehn. Kraftfelder sind aktiviert und halten.<<
Da ging ein weiterer schwerer Schlag durch das Schiff, dass man das Gefühl hatte, das Schiff würde jetzt endgültig auseinanderbrechen. Ein weiterer Torpedo, hatte den oberen Pylonen auf der Backbord Seite erneut getroffen und wurde dabei fast vom Schiff abgetrennt.
>>Also gut, Commander Irendor, feuern Sie mit Tri-Kobald-Torpedos auf die tholianischen Kreuzer,<< war nun von Captain Ranar über das heulen der Alarmsirenen zu hören.
Er wünschte sich fast die Bewaffnung der Amazonas, da diese vor ihrem Auslaufen, noch mit zusätzlichen Torpedos bestückt würde. Auf diesen Luxus mussten sie aber verzichten, wie sie noch auf Sternenbasis 219 waren. Vom Zeitplan der Sternenflotte, blieb ihnen nicht die nötige Zeit jede mögliche Aufrüstung an allen Schiffen der Amazonas-Klasse durchzuführen. Immerhin, hatte man die Schild-Generatoren der Draconis, noch um weitere zwanzig Prozent verbessern können. Möglicherweise war dies das Zünglein, an der Waage in diesem Gefecht.
>>Ihre Schilde und Waffen fallen aus! Im absolut richtigen Moment, unsere Schilde brechen nämlich auch in diesem Moment zusammen,<< meldete Lieutenant Commander Irendor, nachdem er zwei Salven Tri-Kobalt-Torpedos direkt nacheinander abgefeuert hatte.
>>Commander Irendor, sorgen Sie dafür, dass sie uns nicht weiter Folgen können,<< wies der Captain ihn weiter an.
>>Ja, Captain,<< bestätigte der Taktik-Offizier und machte weitere Torpedos bereit, um sie auf die tholianschen Kreuzer abfeuern zu können.
>>Fähnrich Timpski, schwenken Sie in einen Standard-Orbit ein. Ich werde mich zusammen, mit einem Außenteam, auf den Planeten hinunterbeamen. Commander Asleif, Sie werden sich um dieses Schiff kümmern. Was sich in dem höheren Orbit, um diesen Planeten befindet,<< lauteten die neuen Anweisungen von Captain Ranar.

In den technischen Abteilungen, ließ er alle verfügbaren Techniker zusammen kommen, damit diese sofort mit den Reperaturen begannen. Vor allem die Lebenserhaltung, war in einigen Bereichen mit Hüllenbrüchen Momentan sehr gefährdet. Einerseits war er vor dem Auslaufen ungehalten, dass die Draconis keine volle Schiffsmannschaft hatte. Nun nach diesem Gefecht, war er aber froh. So durfte es nur wenige Tote, auf dem Schiff gegeben haben.
>>Sir, ich muss entschieden dagegen protestieren. Nach Dienstvorschrift hat der Kommandant an Bord seines Schiffes zu bleiben und der erste Offizier hat das Außenteam zu führen,<< warf Commander Asleif ein.
>>Sie haben meinen Befehl gehört, Commander,<< sagte Ranar und stellte das Außenteam zusammen.
Persönlich hatte er noch nie, sehr viel von dieser Dienstvorschrift gehalten. Wobei es war ja eigentlich keine echte Vorschrift, sondern eher eine Richtlinie, die er befolgen konnte oder auch nicht. Heute wollte er sie nicht befolgen, da er sich hier an Bord nach diesem Gefächt etwas überflüssig vor kam. Es würden ihn hier wohl nur die Verlustberichte erwarten.

Die Draconis schwenkte, mit Hilfe der Steuerdüsen, in einen stabilen Standard-Orbit um den Planeten ein und Captain Ranar beamte sich zusammen mit einem Außenteam auf den Planeten hinunter.
Das Außenteam materialisierte, in einer steppenähnlichen Ebene. Von ihrer Position aus, konnten sie in ihrer Nähe starkes Gefechts-Feuer hören. Der Captain ordnete an, das sie sich dieser Stelle nähern sollten.
Wie das Außenteam dem Gefächt näher kam, sehen sie das Föderationsmitglieder gegen Tholianer kämpften. Captain Ranar teilte deshalb sein Team in zwei Gruppen auf. Die zweite Gruppe, sollte ihm Rückendeckung geben. Während er sich zusammen mit Lieutenant Fiona und Lieutenant Pfork, einer Gruppe Sternenflotten-Offiziere weiter näherte, die mit aller Mühe ihren Posten zu verteidigen versuchten.

>>Commander, wer ist ihr kommandierender Offizier,<< fragte Ranar den Offizier, der ihm am nächsten war.

Der Offizier drehte sich erschrocken um und hatte dabei fast, auf den Captain geschossen. Niemand von ihnen hatte davor bemerkt, dass sich ihnen jemand genähert hatte.

>>Endlich wurde uns, von der Föderation Unterstützung her geschickt, für den Kampf gegen die Tholianer! Captain Zhoe ist der Kommander der U.S.S. Kallagan, Sir,<< antwortete der Commander doch ziemlich überrascht.

Aber er dachte sich dann, dass man vielleicht nicht wusste, ob der Captain noch lebte. Er konnte ja selbst kaum Glauben, dass er hier immer noch lebte und kämpfen konnte.

Captain Ranar sah zu seinen Leuten hinüber und war von der Aussage des Commander etwas verwundert, aber er lies sich von ihnen nichts weiter anmerken.

>>Lieutenant Pfork, nehmen Sie Crewman Peterson und Brin. Bleiben sie mit ihnen hier und unterstützen sie diese Gruppe, beim verteidigen ihres Postens,<< wies der Captain ihn an und wandte sich wieder dem Commander zu.

>>Commander, wo kann ich Captain Zhoe finden?<<

>>Er befindet sich dort drüben. Auf der anderen Seite, der Ebene,<< antwortete der Commander und feuerte ein weiteres mal aus seinem Phaser, auf einen Gegner den er nicht mal sehen konnte.

Captain Ranar gab Lieutenant Fiona ein Zeichen, ihm zu folgen und Lieutenant Pfork blieb mit den anderen beiden zurück. Pfork wies die beuden Sicherheitsoffiziere an ihre Phaser, nur auf Betäuben zu stellen. Was sie anging, hatten sie keine Genehmigung gegen die Tholianer zu kämpfen.

Sie schliechen sich beide geduckt, durch die Ebene und mussten hin und wieder auch das Feuer erwidern, damit sie nicht getroffen wurden. Als sie die andere Seite, der Ebene erreichten, entdeckten sie Captain Zhoe erst nach einigen Minuten, in der Nähe einiger größerer Felsen, die ihm einen recht guten Schutz gegen die Tholianer boten.

>>Captain Zhoe?<< fragte Captain Ranar eine Person, die auf einem der Felsen lag und auf ein Ziel feuerte, was für ihn, von seiner Position aus, nicht zu sehen war.

Die Person drehte sich zu Ranar um. Bei der Person handelte es sich aber, um eine Frau mittleren Alters, mit einer starken und überzeugenden Haltung, sowie Ausstrahlung. Dabei hatte der Commander, auf der anderen Seite der Ebene, doch von einem Mann gesprochen. War der Captain, der U.S.S. Kallagan vielleicht doch gefallen und diese Offizierin hatte nur, den Platz eingenommen. Aber um dies zu Klären war er jetzt nicht hier. Seine Befehle vom Flottenkommando waren eindeutig.
>>Ja, was wollen sie von mir,<< antwortete die vermeindliche Captain Zhoe mit einer rauen und doch leicht heißeren Stimme.
>>Ich bin Captain Tylian Ranar vom Föderations-Schiff U. S.S. Draconis. Ich befinde mich, im Auftrag des Flottenkommandos hier, um herauszufinden was hier vor sich geht und es sofort zu unterbinden. Bevor Flottenadmiral Kromm‘s Flotte ins Taeot-System einfliegt und einen Kampf, mit den dort befindlichen tholianischen Truppen beginnt,<< informierte Captain Ranar sie.
>>Hervorragend, so löschen wir diesen Parasieden, der Galaxis endgültig aus,<< äußerte sich Zhoe und in ihrer Stimme war Befriedigung heraus zu hören.
Nachdem Captain Zhoe dies gesagt hatte, drehte sich Ranar zu Lieutenant Fiona um und wies sie an, unauffällig den tholianischen Führer auf diesem Planeten ausfindig zu machen. Sie sollte ihm diplomatisch erklären, das Captain Zhoe eigenmächtig ohne die Genehmigung des Rates gehandelt hatte und ohne dass zutun der Sternenflotte und der Föderation. Dem Captain der Kallagan sagte er natürlich etwas ganz anderes, damit sie nicht mißtrauisch wurde, weil sich Fiona von ihnen entfernte. Ranar hatte nämlich nur noch drei Stunden, um auf die Draconis zurückzukehren und Admiral Kromm's Flotte zu informieren, damit kein Krieg zwischen der Föderation und dem tholianischen Reich ausbrach.
Ranar versuchte derweilen noch weitere Information von Captain Zhoe zu erhalten, aber sie war nicht sehr mitteilsam, wenn es darum ging, warum sie dieses Gefecht gegen die Tholianer auf diesem Planeten führte, der sich mitten im

tholianischen Gebiet befand. Aber er war sich sicher, dass sie früher oder später alles erfahren würden, um die Anklagen gegen die Mannschaft der Kallagan weiter zu ergänzen. Keine Mitglied der Mannschaft konnte sich wohl darauf berufen, dass sie nur auf die Befehle ihres Captains gehört hatten. Jeder einzelene hätte die Wahl gehabt, sich zu den Idealen der Föderation zu bekennen und sich gegen den Captain zu stellen. Für viele wäre es wohl besser gewesen, wenn der Captain sie als Meuterer festgesetzt hätte und dies in ihren Akten vermerkte. Aber so musste wohl die Gesamte Mannschaft damit rechnen, in ein Strafgefangenenlager Sternenflotte zu kommen.

Lieutenant Fiona nützte, auf der Suche nach dem tholianischen Anführer, die örtlichen Begebenheiten, sogut wie es ihr möglich war. Es war gar nicht so einfach, den tholianischen Anführer ungesehen ausfindig zu machen und so Nah wie möglich, an dessen Lager heran zu kommen. Sie benötigte fast eineinhalbe Stunden, um das Lager ausfindig zu machen, wo sich der Anführer aufhalten musste. Aber um dann noch zu dem tholianischen Anführer vorzudringen und mit diesem sprechen zu können, muss sie erst noch ausfindig machen, ob er sich in einem der Zelte oder in einem der wenigen Bauten befand, die hier überall standen. Von den Berichten, die ihnen vor dem Flug in das tholianische Gebiet mitgeteilt wurden, wusste sie dass die Tholianer fast immer einen Schutzanzug trugen. Aber was es mit diesem Schutzanzug auf sich hatte, wurde darin nicht mitgeteilt. Vor einem Bau, an den ein zeltähnliches Objekt grenzte, standen zwei tholianische Wachen. Vielleicht sie hatte ja Glück und es würde sich dort der Anführer aufhalten.
Also versuchte sie den Bau erst zu umgehen, damit sie ihn sich von allen Seiten ansehen konnte. Danach erst näherte sie sich dem Bau so weit, das es ihr möglich sein würde, die beiden Wachen am Eingang zu betäuben. Dabei musste sie äußerst rasch handeln, damit nicht einer der beiden dazu kam Verstärkung zu rufen. Zum Glück hatte sie nach wie vor, das Überraschungsmoment auf ihrer Seite. Die Wachen

sackten in sich zusammen und blieben vor dem Eingang reglos liegen. Nun würde sie sich aber beeilen müssen, da sie die Betäubten dort nicht liegen lassen konnte. Sie hatte einen Graben entdeck, wie sie sich die nähere Umgebung um den Bau angesehen hatte. Dort wollte sie die beiden hineinwerfen und sie mit einigen trockenen Büschen bedecken. Wie sie näher an die beiden heran trat, sah sie den Schutzanzug der Tholianer zum ersten mal aus der Nähe. Von weitem war er unscheinbar und wirkte schwarz, wie das All. Aber aus der Nähe, schimmerte der Anzug in den verschiedensten Regen-bogenfarben. Sie musste sich stark konzentieren und zusammen nehmen, damit sie nicht der Wirkung dieses Anzugs erlag. Sie überprüfte mit ihrem Trikorder, ob die beiden wirklich noch lebten. Nachdem sie sich dessen sicher war, nahm sie den ersten auf. Es überraschte sie ein wenig, wie Leicht dieser Tholianer war. Aber das war ihr nur Recht, so war es für sie einfacher, die beiden Betäubten zu verstecken. Nachdem sie das Versteck überprüft hatte und sicher war, dass man die beiden dort nicht so schnell finden würde, ging sie zu dem Bau zurück.
Nun konnte sie nur Hoffen, dass sie ihr Glück nicht verlässt und sich in diesem Bau wirklich der Anführer der Tholianer aufhält. Sie Atmete noch einmal tief durch, lies ihren Blick dabei zwischen die anderen Bauten und Zelte schweifen und betrat dann diesen.
Vor einem Karteschirm saß ein weiterer Tholianer, in einem dieser Schutzanzüge. Aber in seiner Art wich er etwas von dem ab, wie ihn die Wachen getragen hatten, seine Farben schimmerten irgendwie anders.
Lieutenant Fiona sprach ihn also an, um auf sich aufmerksam zu machen. Sie hatte schließlich auch gar keine andere Wahl, da sie irgendetwas unternehmen musste. Selbst, wenn dieser Tholianer nicht ihr Anführer war, musste er zumindest ein hoher Offizier sein.
>>Ich bin Lieutenant Fiona, vom Föderationsschiff U.S.S. Draconis. Wir sind hier, um heraus zu finden, warum sie wieder begonnen haben, einige unserer Außenposten und Schiffe anzugreifen.<<

Während sie dies sagte, hielt sie immer noch ihren Phaser in der Hand und richtete ihn auf den Tholianer. Dieser drehte sich zu ihr um und sah den Phaser in ihrer Hand, der auf ihn gerichtet war.
>>Und wenn Sie nicht hören, was sie hören wollen, werden sie mich dann erschießen,<< fragte der Tholianer und deutete auf den Phaser, den sie ja immer noch in ihrer Hand hielt.
Der Universalübersetzer arbeitete wirklich sehr gut, musste sie feststellen. Sie war sich vorher nicht sicher, da es nur so wenig dokumentierte Berührungspunkte zu den Tholianern gab. Daraufhin steckte sie den Phaser, wieder in ihr Holster zurück und näherte sich ihm noch ein weiteres Stück, bevor sie darauf eine Antwort erwiderte.
>>Nein, ich werde Sie wahrscheinlich hier nicht erschiessen, dass werden dann wohl andere erledigen.<<
>>Die ersten Angriffe gingen von der Kallagan aus. Diese Zhoe hat den Vertrag, als erstes gebrochen.<<
Lieutenant Fiona unterbrach den Tholianer. Sie hörte jetzt zum ersten Mal davon, dass es einen Vertrag mit den Tholianern gab.
>>Es hat nie einen Vertrag, zwischen der Föderation und dem tholianischen Reich gegeben.<<
>>Dieser Vertrag wurde bereits, vor über einhundert Jahren abgeschlossen, von der Föderation. Von einigen Diplomaten, die sehr genau fomulierten, wie ein Frieden zwischen unseren Reichen funktionieren kann.
Aber sie hat unsere Versorgungs-Schiffe angegriffen und zerstört. Mit der Begründung, wir würden das Dominion immer noch mit Waffen unterstützen, die wir vorher von Föderations-Außenposten stehlen würden.
Aber das Dominion befindet sich ja noch nicht einmal mehr, in der Nähe einer unserer Kolonien. Wir haben uns nur gegen die Methoden der Föderation verteidigt,<< sagte er und der Übersetzer lies sogar deutlich den Zorn in seiner Stimme mitschwingen, dabei deutete er auf Lieutenant Fiona.
>>Captain Zhoe hat eigenmächtig gehandelt, wie sie ihre Schiffe angegriffen hatte. Ich werde meinen Captain dar-

über informieren, damit er Captain Zhoe und ihre gesamte Crew unter Arrest stellen kann. Was ist mit ihrer Flotte im Taeot-System,<< verteidigte sich Lieutenant Fiona und sprach ihn, auf den Flottenaufmarch im Sektor 1594 an.
>>Wenn wir hier endgültig unterliegen sollten, hat die Flotte den Befehl, die Föderation anzugreifen. Aber was ist, wenn diese Captain Zhoe, auf den Befehl von dieser geheimen Sektion 31 gehandelt hat,<< wollte der Tholianer dafür im Gegenzug erfahren.
>>Sektion 31 ist ein Mythos. Diese Sektion gibt es nicht. Dies wurde schon vor über sechzig Jahren vom Sternenflotten-Geheimdienstes aufgeklärt. Dabei handelte es sich nur, um eine Gruppe von Personen die einer Philosophie, aus der Zeit des ersten Kontakts nach gelaufen sind. Man sollte das menschliche Gut, nicht mit dem von Außerirdischen verbinden. Sie brauchen sich deshalb also keine Gedanken zu machen,<< erklärte sie ihm, ohne zu ahnen wie wenig sie doch eigentlich wusste.
>>Ich werde sie nun wieder verlassen müssen, um meinen Captain informieren zu können.<<
Noch bevor der Tholianer sie daran hintern konnte, ihn wieder zu verlassen, war sie auch schon wieder verschwunden.
Nachdem sie dies zu dem Tholianer gesagt hatte, verließ sie ihn ebenso leise wieder, wie sie dort hin gekommen war. Nachdem sie das Gebäude, mit dem Tholianer wieder verlassen hatte und begab sich zurück zu Captain Ranar und Captain Zhoe. Sie musste den Captain über das Gespräch, mit dem Tholianer informieren. Sie benutzte für den Rückweg fast die gleiche Strecke, wie für den Hinweg. So konnte sie sich sicher sein, dass sie eine gute Deckung hatte und nicht vielleicht doch schon vorher von einem verirrten Phaser- oder Disruptor-Strahl getroffen wurde.

Wie Lieutenant Fiona wieder bei Captain Ranar eintraf, informiert sie ihn schnell in aller Kürze, über die Tatsachen. Und auch darüber, dass die Föderation mit den Tholianern einen Vertrag haben sollte, der schon vor über einem

Jahrhundert abgeschlossen wurde. Captain Ranar wandte sich daraufhin, wieder an Captain Zhoe.

>>Captain, hiermit stelle ich Sie und ihre gesamte Crew unter Arrest. Da sie gegen mehrere Gesetze, der Föderation verstoßen haben und den Vertrag, mit den Tholianer gebrochen haben. Sie werden sofort, auf mein Schiff gebracht werden und ihre Crew, hat jegliche Kampfhandlung auf dem Planeten einzustellen,<< erteilte Captain Ranar ihr seine Anweisungen.

>>Glauben Sie etwa das, was ihnen diese Schlampe gesagt hat! Sie wurde doch von den Tholianern gezwungen, dies ihnen mitzuteilen! Und außerdem, wer hat sie ermächtigt, mich aus meinem Kommando zu entheben! Ich bin die Dienstältere,<< schnaubte Captain Zhoe, Ranar wütend an.

>>Dies ist keine Schlampe sondern meine wissenschaftliche Offizierin, Lieutenant Fiona,<< verteidigte Ranar seine Offizierin ihr gegenüber.

>>Um zu ihrer Frage zu kommen. Mich berechtigt die Tatsache, dass ich mich hier im Auftrag von Flottenadmiral Kromm befinde. Dem Ober-Befehlshaber des S.F.P.S.D. Ich hoffe für Sie, dass sie wissen was das für sie bedeutet und wer er ist,<< teilte Ranar, Captain Zhoe fordernt mit.

>>Lieutenant Fiona, kehren Sie zu dem tholianischen Anführer zurück und teilen sie ihm mit, dass wir die Kampfhandlungen einstellen werden und das Captain Zhoe von uns unter Arrest gestellt worden ist,<< wies er sie nun wieder, in einem sehr ruhigen und sachlichem Tonfall an.

Danach lies sich Captain Ranar zusammen, mit Captain Zhoe zurück an Bord der Draconis beamen, da er auch Flottenadmiral Kromm, über das Geschehen informieren musste. Lieutenant Pfork blieb mit Crewman Brin zurück, damit sie Lieutenant Fiona weiter Deckung geben konnten.

Eine halbe Stunde später an Bord der Draconis, Captain Zhoe befand sich in einer der Arrest-Zellen, auf Deck zweiundzwanzig. Die Reparaturarbeiten liefen auf vollen Touren, überall an Bord. Die Kallagan befand sich, mit einem Traktorstrahl an die Draconis gekoppelt. Captain

Ranar betrat die Brücke, nachdem er sich geduscht und sich eine neue Uniform angezogen hatte.
>>Commander, teilen Sie Admiral Kromm's Flotte mit, dass wir mit den Tholianern alles unter Kontrolle haben. Und das Captain Zhoe eigenmächtig, diesen Vorfall verursacht hat. Fragen Sie auch an, ob er etwas von einen Vertrag, mit den Tholianern weiß. Der tholianische Anführer hier, hat davon gesprochen. Wir werden Captain Zhoe nach Sternenbasis 718 bringen, damit man sie dort vor ein Kriegsgericht stellen kann. Dort wird sie sich, für ihr Handeln verantworten müssen,<< wies Captain Ranar seinen ersten Offizier, Commander Asleif an und setzte sich in seinen Sessel.
Dann sah er sich, die Schadensbericht des Schiffes durch. Es würde wohl lange dauern, bis sämtliche Schäden behoben waren. Und zu seiner persönlichen Überraschung, hatten sie doch nur drei Todesfälle zu beklagen.
Die Draconis blieb noch so lange im Orbit des Planeten, bis sämtliche Besatzungsmitglieder der Kallagan an Bord waren. Außerdem setzte sich der Captain und Lieutenant Fiona, noch einige Male mit dem tholianischen Führer zusammen. Sie hatten sich darauf geeinigt, dass sie einen neuen Vertrag, miteinander aushandeln mussten. In einigen Wochen, konnten Diplomaten der Föderation hier sein, die dafür besser geeignet waren, wie sie.

Epolog

Wie die Nachricht von der Draconis, bei der Flotte von Admiral Kromm eintraf reagierten einige sehr unterschiedlich darauf. Die Nachricht war erst eine viertel Stunde, bevor die Flotte ihre Tarnungen deaktivieren wollte eingetroffen. Am wenigsten waren, die Meisten der klingonischen Krieger von dieser, doch einiger Massen friedlichen Lösung, des Zwischenfalls mit den Tholianern begeistert.
Flottenadmiral Kromm gab der Flotte den Befehl, sich aufzulösen. Einige Schiffe, sollten aber noch in der Nähe patrollieren, bis sich die Flotte der Tholianer ebenfalls aufgelöst hatte.
Die U.S.S. Gr'oth kehrte mit den klingonischen Schiffen nach Qon'os zurück, da sie den Kanzler zu einem diplomatischen Treffen begleiten sollten.
Die U.S.S. Constitution sollte zurück, nach Utopia Planetsia fliegen, um dort die letzten Arbeiten, an dem Schiff abschliessen zu lassen und die restliche Crew noch an Bord nehmen, die dem Schiff zugeteilt war.
Admiral Kromm hatte Captain Karpuz, nochmal zu sich in den Bereitschaftsraum bestellt.
>>Ferdi, du wirst zusammen mit der Constitution nach Utopia Planetsia zurückkehren, um dort weiter Befehle in Empfang zu nehmen. Captain Storm wartet schon darauf, dass du an Bord seines Schiffes beamst. Ich habe ihm mitgeteilt, dass du dich in zwei Stunden bei ihm, auf der Constitution melden wirst. Unterstütze ihn mit dem wissen, was du dir mit der Amazonas angeeignet hast,<< bat der Admiral ihn.
Er wusste, dass er in diesem Moment viel, von seinem Freund verlangte, da er ihm etwas ganz anderes zugesagt hatte.
>>Du hattest doch gesagt, wir klären das mit der Kasiopeier auf Sternenbasis 219,<< warf Ferdi ein und man hörte ihm deutlich an, wie enttäuscht er wieder einmal von dem war, was man ihm vorher zugesagt hatte.

>>Mir ist eine diplomatische Mission dazwischen gekommen und ich bin mir halt nicht sicher, ob ich von dieser Rechtzeitig wieder zurück sein werde. Halte dich auf der Erde, an meinen Stellvertreter dort. Er wird dich über alles weitere Informieren, was du wissen mußt,<< teilte der Admiral ihm weiter mit und dies war was ihn anging sogar die Wahrheit.

Beide verließen den Bereitschaftsraum wieder und Admiral Kromm begab sich auf die Brücke. Hingegen sich Captain Karpuz in sein Quartier begab, um seine nötigsten Sachen zu packen, bevor er sich an Bord der Constitution begab. Der Admiral verabschiedete ihn, aber vorher noch, in Transporterraum vier. Und gab ihm noch einige Worte, mit auf den Weg.

>>Melde dich, auf der Erde bei Admiral T'Bai. Er wird dich über alles instruieren. Er hat schon Nachricht erhalten, dass du kommen wirst. Möglicherweise, wirst du dort auch eine weile in Labor 31 geschult werden. Deine restlichen Sachen lass ich dir auf die Erde schicken. Solltest du dann schon bei Kasiopeier sein, lasse ich die Sachen Jasmin zustellen.<<

Nachdem Admiral Kromm wieder auf der Brücke war, fühlte er sich einerseits erleichtert darüber, das Ferdi die Amazonas verlassen hatte, andererseits war er auch froh darüber. Das Schiffe hatte einfach zu viele, seiner schlechten Eigenschaften hervorgebracht.

>>Lieutenant Drexler, bereiten Sie alles dafür vor, damit wir den Transwarp-Antrieb, mit mehr als vierzig Prozent belasten können, sowie sich die Constitution verabschiedet hat,<< erteilte der Admiral, den neuen Befehl und setzte für die Crew ein lächeln, auf seinem Gesicht auf.

Die Constitution verabschiedete sich von der Amazonas und flog mit Warp fünf nach Utopia Planetsia. Sie wollten auf ihrem Flug, einige der bereits installierten Systeme testen und an anderen Nachjustierungen vornehmen. Captain Storm hatte es deshalb sehr begrüßt, das Captain Karpuz sie begleiten würde. Schließlich war er mit den meisten Systemen schon vertraut und wusste was man ihnen abverlangen konnte.

>>Dann wollen wir mal sehen, ob sich die Triebwerke, nicht mit mehr als vierzig Prozent belasten lassen.<<

>>Aye, Sir,<< bestätigte Lieutenant Drexler und die Amazonas verschwand kurz darauf in einem Transwarpkanal.

Technische Daten im späten 25. Jahrhundert

Schiffe im 25. Jahrhundert

Neue Schiffs-Klassen der Vereinten Föderation der Planeten

Register:
Amazonas-Klasse
Spirit-Klasse
Republic-Klasse

Technische Daten der Amazonas-Klasse

Länge: 784m
Breite: 450m
Höhe: 162,72m
Decks: 32
Produktionsort: Orbital-Werft Talos und Beta-Portulan (beide Werften befinden sich, in geostationärer Position des Zentral-Gestirns der Systeme)
Schiffs-Typ: schwerer Kreuzer und Explorer
Besatzung: 1400 Crewmitglieder (350 Offiziere und 1050 Mannschaft); 450 Besucher; 20.000 Personen Evakuierungslimit
Antrieb: Vier 2500-Plus-Cochrane-Warpkerne, die insgesamt acht Gondeln speisen (je zwei pro Angriffsmodul); je ein Impuls-System befindet sich in der oberen Antriebs-Sektion und in der unteren Untertassen-Sektion; jeweils zwei Impuls-Systeme befinden sich in der oberen Untertassen-Sektion und der unteren Antriebs-Sektion
Masse: 4.803.061 Tonnen
Leistung: Voller Impuls 9/10 Warp (entspricht 970,2 Millionen km/h) für 3 Wochen; Voller Warp 9,99785 für 216 Stunden; momentane Transwarpleistung 35,7825
(entspricht 40% der maximal Leistung) für 72 Stunden
Bewaffnung: 16 Phaseremitter vom Typ 12; 8 Phaseremitter vom Typ 11.8 und 8 Torpedowerfer des Typs 6
Verteidigungssysteme: Interphasen-Tarnvorrichtung und phasenverschobene Schilde (werden von vier künstlichen Quantensingualitäts-Warpkerne gespeist); Transphasen-Tarnvorrichtung (nachgerüstet)
Computersysteme: 2 Drillings-Kerne mit je 15 Millionen Terraquad und einem Kern mit 2,6 Millionen Terraquad für Sensordaten und wissenschaftliche Untersuchung
Torpedos: Photonen-, Quanten-, Trilithium-Quanten- und isolytische Subraum Waffen-Torpedos
Selbstzerstörungssysteme: isolytische Endladung in den Warp-Kernen

In Dienststellung der Amazonas-Klasse, in den 90iger Jahren des 25. Jahrhunderts.
Die U.S.S. Amazonas NX-19700 wurde am 21. August 2493 in der Talos-Werft in Dienst gestellt.

Weitere Schiffe der Amazonas-Klasse:
U.S.S. Barstow NCC-19704
U.S.S. Constitution NCC-17001
U.S.S. Draconis NCC-91475
U.S.S. Fitzpatrick NCC-49505
U.S.S. Gr'oth NCC-45233
U.S.S. Miramanees NCC-19811
U.S.S. Orion NCC-12376
U.S.S. Scalos NCC-49705
U.S.S. Sigma Iotia NCC-19789
U.S.S. Talos NCC-19743
U.S.S. Vendikar NCC-32149
U.S.S. Ventax NCC-87655
U.S.S. Yorktown NCC-17177

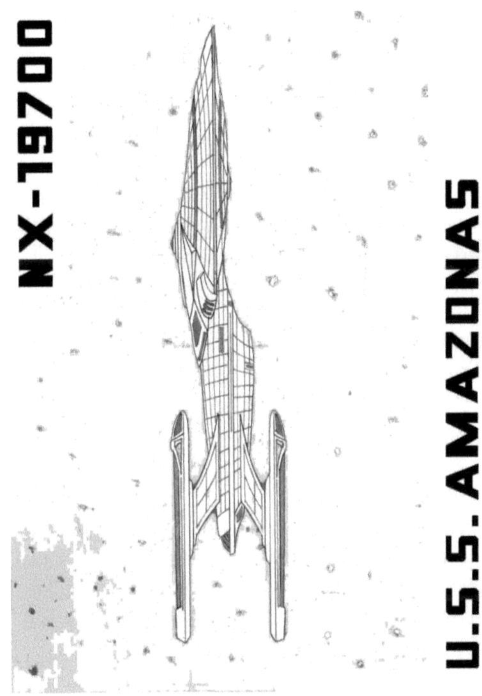
NX-19700
U.S.S. AMAZONAS

Technische Daten der Spirit-Klasse

Länge: 453,32m
Breite: 309,81m
Höhe: 108,48m
Decks: 21
Produktionsort: Antares-Werft, Antares IV
Schiffs-Type: mittlerer-taktischer Kreuzer
Besatzung: 750 Crewmitglieder (150 Offiziere und 600 Mannschaft; 80 Besucher; 5300 Personen Evakuierungs-limit
Antrieb: Zwei 2500-Plus-Cochrane-Warpkerne, die vier Gondeln speisen (zwei Gondeln sind in die Untertassen-Sektion integriert); ein Impuls-System in der Antriebs-Sektion und zwei Impuls-Systeme in der Untertassen-Sektion
Masse: 2.220.003 Tonnen
Leistung: Voller Impuls 7/10 Warp (entspricht 754,6 Millionen km/h) für 2 Wochen; Voller Warp 9,9935 für 108 Stunden; maximale Transwarpleistung 31,9725 für 12 Stunden
Bewaffnung: 10 Phaseremitter vom Typ 11 und 6 Torpedowerfer vom Typ 5
Verteidigungssysteme: Tarnvorrichtung (Aufgerüstet zur Interphasen-Tarnvorrichtung 2494) und Phasenverschobene Schilde (diese werden von zwei künstlichen Quantensingularitäts-Warpkernen gespeist)
Computersysteme: ein Drillings-Kern mit je 8,5 Millionen Terraquad und ein Kern mit 1.024 Millionen Terraquad (für die Sensor-Auswertung und wissenschaftliche Datenverarbeitung)
Torpedos: Photonen-, Quanten-, Trilithium- und Transphasen-Torpedos
Selbstzerstörungssysteme: isolytische Endladung in den Warp-Kernen

In Dienststellung der Spirit-Klasse, in den 80iger Jahren des 25. Jahrhunderts

Die U.S.S. Spirit NCC-81195 wurde am 04. Februar 2482 in Dienst gestellt.

<u>Weitere Schiffe, der Spirit-Klasse:</u>
U.S.S. Adelphi NCC-81098
U.S.S. Challanger NCC-42685
U.S.S. Columbus NCC-61133
U.S.S. Exeter NCC-95483
U.S.S. Generation NCC-41594
U.S.S. Ghandi NCC-86859
U.S.S. Hood NCC-48872
U.S.S. Magelan NCC-24361
U.S.S. Lettland NCC-86221
U.S.S. Potsdam NCC-80011
U.S.S. Roddenbarry NCC-61576
U.S.S. Tautee NCC-75679
U.S.S. Wambuu NCC-20453
U.S.S. Xanten NCC-34914
U.S.S. Zentaurie NCC-23511

NCC-81195

U.S.S. SPIRIT

Technische Daten der Republic-Klasse

Länge: 503,74m
Breite: 315,01m
Höhe: 148,768m
Decks: 32
Produktionsort: Flotten-Werft Mc Kinley, Erdorbit
Schiffs-Typ: schwerer Kreuzer und Explorer
Besatzung: 800 Crewmitglieder (120 Offiziere und 680 Mannschaft); 120 Besucher; 6200 Personen Evakuierungslimit
Antrieb: zwei 2500-Plus-Cochrane-Warpkerne, die vier Gondel speisen; je zwei Impulssysteme in der oberen und unteren Angriffs-Sektion
Masse: 2.959.750 Tonnen
Leistung: Voller Impuls 7,5/10 Warp (entspricht 808,5 Millionen km/h) für 2 Wochen; Voller Warp 9,99625 für 110 Stunden; maximale Transwarpleistung 32,79985 für 12 Stunden
Bewaffnung: 18 Phaseremitter vom Typ 11 und 6 Torpedowerfer vom Typ 5
Verteidigungssysteme: Interphasen-Tarnvorrichtung und phasenverschobene Schilde(werden von zwei künstlichen Quantensingualitäts-Warpkernen gespeist)
Computersysteme: zwei Drillings-Kerne mit je 9,3 Millionen Terraquad und einem Kern mit 1,8 Millionen Terraquad (für Sensor-Auswertungen und wissenschaftliche Versuche)
Torpedos: Photonen-, Quanten-, Trikobald- und Transphasen-Torpedos
Selbstzerstörungssysteme: isolytische Endladung in den Warp-Kernen

In Dienststellung der Republic-Klasse, in den 80iger Jahren des 25. Jahrhunderts.
Die U.S.S. Republic NCC54776 wurde am 15. Mai 2483 in Dienst gestellt.

Weitere Schiffe, der Republic-Klasse:
U.S.S. Alabyik NCC-73801
U.S.S. Alagarga NCC-59437
U.S.S. Antarkija NCC-54768
U.S.S. Celebi NCC-26543
U.S.S. Ceran NCC-13865
U.S.S. Cerberus NCC-82039
U.S.S. Ceylon NCC-36907
U.S.S. Cook NCC-71062
U.S.S. Hardes NCC-31654
U.S.S. Kan NCC-36572
U.S.S. Kasist NCC-64099
U.S.S. Kiymet NCC-81716
U.S.S. Konstantinopel NCC-76547
U.S.S. Lise NCC-16545
U.S.S. Malites NCC-96818
U.S.S. Muglan NCC-10569
U.S.S. Poseidon NCC-09010
U.S.S. Rocket NCC-23907
U.S.S. Sepet NCC-65487
U.S.S. Troja NCC-80012
U.S.S. Walhalla NCC-55768

U.S.S. REPUBLIC

NCC-54776

Standart Schiffs-Einrichtungen

Medizinische Einrichtungen, wie die Krankenstation, erstrecken sich bei manchen Schiffen über mehrere Sektionen eines Decks.
Sport- und Fitneß-Zentren, befinden sich mindestens zwei auf den meisten in Dienst befindlichen Schiffen, der Föderation. Maximal gibt es auf den Schiffen, aber bis zu 12. Bei Raumbasen können es sogar noch mehr sein.
Holodecks, befinden sich meist zwischen 1 und acht auf den Schiffen. Die Größe der Holodecks, kann dabei Varrieren.
Weitere Freizeit-Räume und Bars sind an Bord vieler Schiffe auch mindestens eine, aber maximal bis zu sechs zu finden.

Allgemeine Technische Daten

Die meisten Schiffe des 25. Jahrhunderts haben eine multible Tritanium-Hüllenpanzerung.
Eine Transphasen-Hüllenpanzerung, bei aktivierter Interphasen-Tarnvorrichtung.
Einige schwere Kreuzer verfügen über einen Wurmloch-Sprung-Generator, der es ermöglicht ein stabiles Wurmloch über 20.000 Lichtjahre zu erzeugen. Somit ist es den Kreuzern dann möglich, mit Hilfe des Traktorstrahls kleine Monde oder Planeten, die vor einer Katastrophe stehen und die Möglichkeit einer Evakuierung nicht mehr gegeben ist, auf diese weise zu Retten.